『収納』は異世界最強です 2

正直すまんかったと思ってる

A L P H A L I G H T

農民
Noumin

アルファライト文庫

登場人物紹介

安《あん》堂《どう》彰《あき》人《と》

ある日突然、勇者召喚《しょうかん》された青年。
召喚主の王女を疑《うたが》って、死を装《よそお》い
王都を抜け出し、異世界を旅する。

ウース

とある街で出会い、
アキトに戦いを挑《いど》んできた、
イリンと同郷の青年。

イリン・イーヴィン

自分を救ったアキトを慕《した》い行動を
共にする、狼人族の少女。

ハンナ・ハルツェル・ハウエル
勇者を召喚し利用しようとする、ハウエル国の王女。
斎藤桜《さいとうさくら》
海斗と環の友人で、オタク趣味《しゅみ》を持つ勇者の一人。
神崎海斗《かんざきかいと》
アキトと共に勇者召喚された、正義感溢《あふ》れる高校生。
滝谷環《たきやたまき》
死んだとされるアキトの行方《ゆくえ》を追う、勇者の少女。
エルミナ・エルード
『飛燕《ひえん》』の二つ名を持つ、ミスリル級冒険者の女性。
イーヴィン
里で娘の帰りを待つ、イリンの母親。
ウォード
狼人族族長の弟で、イリンの父親。

第1章　国境砦《とりで》での出会い

俺、安堂彰人《あんどうあきと》はある日、気がつくと四人の少年少女と共に、異世界に勇者として召喚《しょうかん》されていた。

俺たちを召喚したのは、ハウエル国王女のハンナ。

俺は彼女を警戒《けいかい》して鈴木《すずき》という偽名《ぎめい》を名乗り、身分証を作ったのだが、そこで問題が発生する。

勇者は『収納』とそれ以外にもう一つスキルを持っている筈《はず》なのに、俺には『収納』しかなかったのだ。

しかも魔術の適性も、収納魔術のみという有様《ありさま》で、出来損《できそこ》ない勇者として扱《あつか》われることになる。

このままでは処分されると危機感を抱《いだ》いた俺は、王女と交渉《こうしょう》して他の勇者の観察役を買って出たり、他に誰も知らない『収納』の使い方をマスターしたりしつつ、脱出の準備を進めていった。

そして作戦当日、トラブルの末に勇者の一人、永岡《ながおか》くんを手にかけてしまうも、無事に脱出に成功した俺。

しかし王都の外では、以前助けた元奴隷《どれい》の獣人の少女、イリンが待ち受けていた。

俺に恩を返すため付いていきたいと言う彼女のことを、城の追っ手ではないかと警戒しつつも、故郷である獣人の里に連《つ》れていくため、共に旅をすることになった。


「やっと着いたか」

冒険者登録を行った街を出てからしばらく進むと、それなりに大きな森に辿《たど》り着いた。

本来、南に向かうならこの森を迂回《うかい》した方が安全なのだが、今は少しでも時間が惜《お》しいので森の中を突っ切ることにしたのだ。

当然、森に入る以上は油断するつもりはない。

追っ手ももちろんだが、森の中にいる魔物にもやられてしまう可能性がある。

だから、いつでも俺を狙《ねら》っている奴がいると警戒して進まなくてはならない。

「イリン。準備はいいか？」

「はい。いつでも大丈夫です」

イリンはそう言った途端《とたん》、突如《とつじょ》その存在が薄くなり、俺が魔力を使って常時展開している探知《たんち》で感じられていた反応がなくなってしまった。

「っ⁉」

「……？　どうかいたしましたか？」

思わずバッと振り返るが、イリンはキョトンとした様子でこちらを見ているだけだ。

しかしその存在感は、目の前にいるというのに、まるで空気に溶《と》けてしまったかのように薄い。

「……いや、お前に追いかけられた時も思ったんだけど、その存在感の薄さ、どうやってるんだ？」

「これは里にいた時に狩《か》りの方法として習いました。自身の存在を……紛《まぎ》れさせる感じ？です」

「紛れさせる？」

「はい。いくら気配を消そうとしても、完全に消せるのは死んでいる者だけであり、生きている限り必ずその痕跡《こんせき》は残ります。ですので、気配をある程度まで消したら、あとは自分の存在を自然と混ぜて誤魔化《ごまか》すのだと教えられました」

……なるほど。説明を聞いただけじゃどうやってるのか全く分からない。でもそんなもんなのかもしれないな。俺だって自分がどうやって探知を使っているのかを説明しろって言われても、まともに説明できる気がしないし。

だがまあ、イリンは自身の存在を誤魔化すと言った。どんな特殊《とくしゅ》な技術でも、そこにいる以上はその存在を感じることはできる筈だ……というかそうでなければ困る。

俺は試《ため》しに、探知を通常時より深くして周囲を探《さぐ》る。

すると、イリンの反応が再び探知で確認できるようになった。

「……なるほどな」

ただ、常にこの状態を維持するのは少し辛い。

俺の方法では、深く探知するまでは時間がかかってしまう。

その上、使用中は意識が朦朧《もうろう》とするというか、意識が薄れてすっごく眠《ねむ》くなってしまうという問題があった。流石《さすが》に眠りはしないけど、いざという時に咄嗟《とっさ》の行動ができず、無防備であることに変わりはない。

安全が確保できている状態なら構わないけど、油断できない状況の今はまずい。

俺が万全に動ける程度の探知だとイリンの存在を把握《はあく》できない。

かといって、イリンの裏切りを警戒して探知を強めると他の危機に反応できない。

どっちもリスクがある。

俺がイリンを信用していればこんなことで悩《なや》む必要なんてないんだけど、まだイリンの見極《みきわ》めは済んでいない。

これでもし裏切られでもしたら、俺は容易《たやす》く死んでしまうだろう。

何せイリンは、俺が全力で走っても息切れせずに付いてこられるような能力の持ち主だ。

だから万が一がないように俺は彼女を疑《うたが》い続ける。

たとえもう俺がイリンのことを本当は信用しているのだとしても。

たとえそれが無意味なことだと理解していたのだとしても。

それでも俺は、疑って疑って、誰も彼もを疑ってでも生き残る。

「……イリン。お前は俺の前を進んで安全を確保してくれ」

「はい！」

探知で分からなくとも、流石に視界に入っていればその存在が分かるのはさっき確認した。

そのため俺の前を進ませようとしたのだが、俺の役に立てることが嬉《うれ》しいのか、はたまた俺に頼《たよ》られたのが嬉しいのか、イリンは今まで以上の満面の笑《え》みを向けてきた。

――やめろ。そんな顔を、想《おも》いを、俺に向けないでくれ。

その願いが俺の胸の中で悲鳴にも似た叫びとなり、つい顔を顰《しか》めてしまいそうになるが、グッと堪《こら》えて前を向く。

「……行こうか」

「はい！」

そうして俺は、少し離《はな》れて前を進むイリンの後を追って森の中を歩き出した。

なんとしても生きてこの国から逃げ出すために。そして、幸せになるために。

俺は生き残って幸せになってみせると、そう永岡くんを殺した時に誓《ちか》ったんだから。

イリンの先導で森の中を走り続けてから、もうだいぶ経《た》った。

だが、探知で周囲を調《しら》べながら移動しているので、これまで大きな敵には遭遇《そうぐう》していない。

本来なら危険な森での疾走《しっそう》も、敵の存在を感じたら接する前に迂回《うかい》しているので、安全に行うことができる。

それに、小物であれば先を進むイリンが片付けているのも、速く進めている理由の一つだろう。

だが、もうそろそろ移動をやめて休憩《きゅうけい》をとるべきか。

……いや、空が木々に遮《さえぎ》られているせいで正確に何時ごろなのかは分かりづらいが、もうだいぶいい感じの時間だろうから、野営の準備に取りかかるか。

走った距離《きょり》的に、ここまででおおよそ森の半分くらいは進めただろうか？

いくら走っているからといっても、流石に今日中に森を抜けることはできないみたいだ。まあ、それは最初から予想していたことだけど。

俺は森での生活に関するプロフェッショナルじゃない。慣れない森の中を警戒しながら走るのはだいぶ疲れるし、平地を走った時に比べて圧倒的に遅《おそ》い……イリンはどっちも俺以上に速いけど。

まあ、そんなわけで今日は森の中で野営をすることになる。

見通しが悪く魔物が多い森の中で野営をするのは危険だ。メンバーが二人しかいないとなればなおのこと。

加えてその内の一人が、仲間を信用しておらず、最悪の場合は一人で逃げようなんて考えているクソ野郎《俺》となれば、他の冒険者からすれば自殺行為だと思われてしまうだろう。

でもこのまま走ったところで、今日中に森を抜けるのも不可能だ。

……いや、もしかしたらイリンだけだったら、夜通し走れば日が昇《のぼ》る前に森を抜けることもできたかもしれない。

「イリン、止まれ。今日はこの辺りで野営をする」

「はい！」

先行していたイリンが足を止め、同じく足を止めた俺の元に近寄ってくる。

「道具はこれを使おう」

俺は収納にしまってあった野営道具を出し、以前練習したように設置し始める。

だが、俺が準備し始めたところでイリンから待ったがかかった。

「お、お待ちください！　そのような雑事をなされる必要はございません！　全て私にお任《まか》せください！」

多分森に入った時と同じように、従僕《じゅうぼく》として働きたいんだろう。

だけど……

「……いや、自分の分は自分でやるさ。お前も自分のをやるといい」

「ですが――」

「そんなに言うんだったら、自分のを終わらせてから手伝ってくれ」

そうは言ったが、野営の準備なんて基本的にロープを通してタープを張る程度だから、今のはイリンを大人しくさせるための方便だ。

あとは食事の準備だが、それも収納の中に入っているものを出すだけで終わる。

俺は野営の準備が終わると息を吐いて座り込んだ。

座った俺の近くには剣が置いてあり、すぐに手に取れるようになっている。

いつでも手の届く位置に剣があるのは、森で野営する冒険者としては正しいのかもしれない……警戒対象が魔物でないことに、複雑《ふくざつ》な心情にはなるが。

「――そん、な……」

そのまま剣を見ていても仕方がないと視線を逸《そ》らし、収納から出した夕食を食べようとしたところで、イリンの様子がおかしいことに気がついた。

「どうした。何かあったのか？」

そして俺は、そんな落ち込んだようなイリンを心配して、思わず声をかけてしまった。

自分がイリンを疑っているということ……いや、疑わないといけないと思い込んでいることすら忘れて。

……クソッ。しっかりしろよ。なに気を許してんだ！

俺は自分に言い聞かせる。

俺は生きてこの国を出るんだ。ここで死んだら永岡少年の死は意味のないものになってしまう。

生きてこの国を出て幸せに生きる。それが殺してしまった彼への供養《くよう》だから。

そのために、今までイリンのことを疑ってきたんだ。

誰も信用なんかしちゃダメなんだ。

「……申し訳ありませんでした」

だが、俺がそうして自分に言い聞かせている間にも、イリンは落ち込んだまま謝《あやま》ってくる。

……またか。この子はことあるごとに謝ってくるな。

しょんぼりとするイリンの姿に、疑い続けている罪悪感を覚えるが、それに気づかないふりをして問いかける。

気がついてしまえば、覚悟が揺《ゆ》らいでしまいそうだったから。

「それは何に対しての謝罪《しゃざい》なんだ？」

「ご主人様に準備を手伝えと言われていたにもかかわらず、私の不手際《ふてぎわ》によってお手伝いすることができませんでした。あまつさえご夕食の準備までさせてしまいました……」

ああ……さっきの言葉が原因か。

だいたい、俺の方が早く手をつけてたし、野営道具に関する知識がないであろうイリンでは俺より早く終わらせるなんて不可能だ。

それに夕食の準備なんて全く手がかかっていない。

何より、今はイリンが料理を作ったとしても食べる気にならなかった。

「気にしなくてもいい。準備は慣れているし、料理だって俺が用意した方が効率がいい」

「……理解は、しております。ですが……」

……どうしよう。正直《しょうじき》に話すか？　お前のことを信用してないから料理なんかを任せるつもりはないって。

それでイリンが傷つくかもしれないのは……少しだけ、ほんの少しだけ心苦しいけど、今みたいにいちいち落ち込まれるよりはいい筈だ。

今のうちに言っておけば、イリンだって必要以上になつくこともないし、後から傷つくこともない。それがイリンのためであり……俺のためでもある。

「……イリン。俺はお前のことを完全に信用することはできない。だから食事の準備をされても俺は食べない」

「わ、私に何か不手際がございましたか⁉」

「違う。お前はよくやっている、と思う。だが俺は、この国にいる間は誰かを信用するつもりはないんだ。誰が俺のことを狙ってるか分からないからな……今だってお前が追っ手なんじゃないかって疑っている」

イリンは驚《おどろ》き立ったままの姿勢で俺の言葉を聞いている。

「少なくとも国境を越《こ》えるまでは俺はお前を疑い続けるし、何かやったと思えばすぐに殺す」

嘘《うそ》だ。何がすぐに殺す、だよ。今だってイリンに対してどう接すればいいのか迷《まよ》ってるくせに。

「それが嫌《いや》ならどこかに行っても構わない」

できることならそうしてほしい。そうすれば、もうこの子のことを疑わなくても済むから。

でもイリンは、そんな俺の願いを否定するように首を横に振った。

「よかったです。私が何かご不快にさせてしまうようなことをしたわけではないのですね」

「え？　あ、ああ。さっきも言ったがお前はよくやってるよ」

「ありがとうございます。その言葉だけで私は十分です」

イリンは姿勢よく座りなおすと、俺に笑顔を向けた。

あまりにも澄《す》んだ瞳《ひとみ》で見つめてくるイリン。

……なんでだ。なんでそんなに真《ま》っ直《す》ぐな目を向けてくるんだ。そんな目は、想いは……俺なんかに向けるようなものじゃないだろ。

俺は耐えられず、視線を逸らしてしまった。

怖《こわ》かった。イリンの純粋《じゅんすい》さを見続けていたら、決意が崩《くず》れてしまうように思えて。

「……イリン。お前はそれでいいのか？　お前が尽《つ》くしている相手はお前のことを疑い、いつでもお前を殺せるようにしているクソ野郎なんだぞ？」

その恐怖からだろうか。ついそんなことを言ってしまったのは。

しかしイリンは首を横に振る。

「ご主人様は『クソ野郎』などではありません。誰かに追われている時、優《やさ》しくしてきた人を疑うのは普通です。確かに、信じてもらえないというのは悲しいことではありますが、それは私の努力不足。信じてもらえるように行動できなかった私が悪いのです。何よりーーー」

イリンはそこで一旦《いったん》言葉を止め、それが気になった俺は、つい顔をイリンへと向けてしまう。

そしてその結果、俺はイリンと見つめ合うことになった。

時間にしてたった数秒ではあったが、イリンはその数秒で満足したように破顔《はがん》し、先ほどの言葉の続きを紡《つむ》ぐ。

「――私はあなた様のものですから」

その言葉には、強い想いが込められているのが伝わってきた。

俺の質問に対する答えとしては、些《いささ》かずれていたが、イリンにとってはその答えが全てなのだろう。

俺の側《そば》にいたいという、たった一つの想い。

狂っているとすら思えるくらい純粋で一途《いちず》なそれは、憎悪《ぞうお》と錯覚《さっかく》するほどのドロドロした、以前俺に向けてきたものではなく、ただただ愚直《ぐちょく》なまでに真っ直ぐなものだった。

そして、イリンのそんな一言で、俺の何かが変わった。

自分の在《あ》り方に悩み、誰も信じないでいようとして、でもイリンのことを信じようとしている矛盾《むじゅん》だらけな心。

そんな心が、溶けていくのを感じた。

俺の口から、するりと言葉が出る。

「――ありがとう」

ありふれた言葉だというのに、イリンは照《て》れたように尻尾と耳を忙《せわ》しなく動かす。

――ああ、俺は何をしてるんだろうな。

俺は思わず、そう内心で呟《つぶや》いた。

イリンの言葉によって俺の中で何かが変わってから三日。

俺たちは走り続け、俺が召喚されたハウエル国と、南の隣国《りんごく》との国境にある街に到着した。

「思ったより大きな街だな」

この街は、国境となっている壁《かべ》に設置された砦《とりで》と関所を中心として、壁沿《かべぞ》いに半円状に形成されている。壁の向こうの反対側には、こちら側と同じように半円状の街が逆向きに広がっているらしい。

俺たち勇者は、この世界に召喚された時に、魔術師の爺さんの持つ知識を得ている。

それによると、国境として建《た》っている壁は、昔に土木工事と魔術を併用《へいよう》して造《つく》られたという。

この壁は、国を囲うようにして造られているため、他国との往来《おうらい》の際は国境の砦を通過する必要がある。

自由な往来ができないというのは面倒だし、実際にこの国の住民である貴族や市民もそう思っているそうだ。しかし、この壁のおかげでこれまで他国の侵略《しんりゃく》に耐えることができていたこともあり、その点には皆感謝しているという。

またこの国は亜人を嫌《きら》っているのだが、一方で向こうにある国にはそれなりに亜人がいるので、その流入を防ぐありがたい壁だ、という声もあるとか。

だったら、隣国に近いこの街に住むのを嫌う人も多いのではと思っていたのだが、実際に見てみると、なかなか大きい街だった。

流石は国境。通商の要《かなめ》ってことか。

確か、この国で九番目に大きい街って話だが……これ以上に大きい街があと八個もあるのか。

改めて考えると、この国はなかなか優秀《ゆうしゅう》なのかもしれないな。だからといって協力する気も黙《だま》って利用される気もないけど。

「にしても……あんなに警備《けいび》が緩《ゆる》くていいのか」

この街は国境の関所を中心としている割に、入る際のチェックが非常に緩かった。

変装《へんそう》のため、街に入る前に髪を染《そ》めたので少し不安だったんだけど、ろくな検査もなかった。

というか、前の街で取得した冒険者ギルドの身分証を見せれば、獣人のイリンでさえ睨《にら》まれるだけで入れるのは問題があるんじゃないだろうか？

一応首輪《くびわ》はつけているものの、契約魔術は結《むす》んでないんだよな。

まあ、契約していないなんてのは外からじゃ分からないし、楽ならそれに越したことはないんだけどな。余計な検査がなければその分、身バレの心配がなくなるってことでもあるわけだから。

あとは国境を越えるだけだが、この調子なら問題ないだろう……多分。

国を出てしまえば、追っ手があからさまに俺を狙うことはできない。

この国の兵が他国で騒《さわ》ぎを起こせば、国際問題になるからだ。

それに、俺に追っ手を出す段階になっているとすれば、宝物庫の中身がなくなっていることにも気がついているだろう。

当然、国内の市場には流れていないので、俺が収納に入れて持ち去ったことにも勘付《かんづ》く筈だ。

であれば、連中は俺を殺せない。俺を殺せば、俺の死と共に収納内の『宝』も消えてしまうから。そんなこと、あのがめつい奴らが許すわけがない……まぁ、その分ひどい目には遭《あ》うだろうけど、どうせ捕《つか》まる気はないのでどうでもいいか。

つまりハウエル国は、騒ぎを起こさないように生《い》かして捕まえる、という選択肢しか選べない。

そんな全力を出せない状況下なら、俺は捕まらない自信がある。

それでも追っ手は来るだろうが……大人数で来るならば、国境を越える手続きに時間がかかるから、その間に更《さら》に他の国に行ってしまえばいい。

最終的には、この国にとっての潜在的《せんざいてき》敵国に仕官でもしてしまえば、流石に追っ手もいなくなる筈だ。俺に手を出すことで、ハウエル国はその国からしたら『潜在的な敵』ではなく『明確な敵』になってしまうから。

この国としては、亜人たちや魔族との戦争が終わってもいないのに更に敵を増やすようなことはしたくないだろう。今でさえ攻《せ》めあぐねているのに、更に敵が増えるようなら、もっとどうしようもなくなってしまう。

とはいえ、仕官する場合は俺に自由がなくなる可能性があるからどうしようかって感じだ。

だがこれは、一旦追っ手を完全に撒《ま》いたと確信が持ててからゆっくり考えることにしよう。

とりあえず今はこの国から出て行くことを優先しなければ。

というわけで、一度関所に行って準備というか細工《さいく》をしておきたいんだが……今日はもうすぐ日が暮《く》れる。この時間になると、狙っていた細工はできないだろう。

できるだけ早くこの国を出て行きたいのだが仕方がない。焦《あせ》ればそれだけ失敗しやすくなる。

今日のところは大人しく宿を取るとしよう。

適当な宿をとった俺たちは、この街の冒険者ギルドに来ていた。

この街には最低でも二日は滞在《たいざい》する予定なので、できるだけこの街について知っておきたかったのだ。

やっぱり情報収集といったら酒場かギルドのどっちかだろう？

「依頼自体は特に変わったものはないな」

冒険者ギルドの建物に入ったのはこれで二回目だから、本当にそうなのかは分からないが、見た感じはおかしなものはない筈だ。

強《し》いて言うなら、このギルド自体がおかしいかもしれない。

前の街にあったギルドに比べて大人しすぎるというか、綺麗《きれい》すぎる気がする。綺麗であることに文句はないけど、違和感《いわかん》がすごい。

「イリンはどうだ？　何かあったか？」

「いえ、特におかしなものはないかと」

「そうか」

まあ、依頼を確認したのはあくまでもこの街の様子をざっと知るためだ。これだけで何か分かるとは思っていない。

なので、次は直接人に聞いてみることにした。

・・・

あの日以来、俺のイリンに対する態度は少し変わった。

……と言っても、特別に意識しているわけではないし、精々《せいぜい》が今みたいに少し会話をするようになったくらいだ。

「すみません。ここ、相席《あいせき》いいですか？」

冒険者ギルドに併設《へいせつ》された食事処《しょくじどころ》で、一人で座っていた女性に話しかけながら向かいの席に座る。俺に続いてイリンも俺の横に座った。

こういうのは相手の答えを聞く前に座ってしまった方がいい。

人によっては馴《な》れ馴れしいとか悪印象を抱かれるかもしれないが、どうせ今後は会うことはないんだ。どう思われようと構わない。

「なんだい、あんたらは？」

「俺たち冒険者なんですけど、この街に着いたばかりで……何か知っておいた方がいいことがあったら教えていただけないかなと思いまして——あっ、イリンは何を頼《たの》む？」

訝《いぶか》しげに聞いてくる女性に答えつつ、イリンにメニュー表を見せる。こうすれば大抵の相手は幼いイリンを見て俺たちをどかすことを諦《あきら》めるだろう。

「はあ、まあそんなことならいいけどね——でも、その前にギルド証を見せな」

女性はそれまでとは打って変わって、鋭《するど》い目つきに威圧感《いあつかん》のある声でそう要求してきた。

それを警戒してイリンは、腰元の剣に手を伸《の》ばすが、俺は彼女を制止して自分のギルド証を渡す。

「どうぞ」

「アンドー、ね……ハッ。なんだ、鉄級かあんた」

「ええ。ちなみにこっちはイリン。同じく鉄級です」

「なるほどね——帰んな。あんたたち」

目の前の女性は、俺の渡したギルド証を投げ返しながらそう言ってきた。

「……それはどういうことでしょうか？」

いきなり帰れと言われても困る。

この街には数日しか滞在しないが、逆に言えば数日は滞在するからこの街について何も知らないっていうのはまずい。

他の奴に聞けばいいのかもしれないけど、今この人に「帰れ」なんて言われた理由が分からないと、同じ理由で拒否《きょひ》される可能性が高いだろう。

なんだったら、怪《あや》しい奴がいると噂《うわさ》になってしまうかもしれない。ここは是《ぜ》が非《ひ》でも断《ことわ》られた理由を聞いておきたい。

「あんたはともかく、そっちの子が鉄級？　笑わせんな。その子はもっと強いだろ。何の用で私に近づいたか知らないけどね、私に手を出そうってんなら——後悔《こうかい》するよ」

……ああ、そういうことか。実際の強さを偽《いつわ》って俺たちが何か企《たくら》んでるように見えたんだな。

そんなことをするつもりは全くないのだが、見たところこの人は一人だし、そういう警戒も必要なのかもな。

それにしても、やっぱり相手の強さって分かるもんなんだな。俺みたいなハッタリじゃなくて。

「いえ、別にそんな物騒《ぶっそう》なことを考えてはいませんよ。それに、イリンが弱いなんて言った覚えはないのですが？」

「あん？　だが鉄級だろ？」

「ええ。ですが、鉄級だからといって弱いわけではないでしょう？　たとえば、元々強い人が冒険者ギルドに加入した場合でも鉄から始まる筈です。他にも冒険者になっただけでまともに依頼をこなしていなければ階級は低いままです。俺たちは前者ですが」

確かに冒険者としての階級は強さの指標にはなるだろうけど、それが絶対ってわけじゃない。

もしかしたら何十年も山籠《やまご》もりしていた達人が登録するかもしれないし、本当の天才がいるのかもしれない。なんなら異世界からやってきた勇者なんかも登録するだろうし。

まあ、嘘をつく必要なんてないので正直に先日登録したばかりだと言ったが、女性はまだ疑っているみだった。

「……そぉかい。じゃあそっちの子の視線はなんだって言うんだい？」

「視線？」

そう言われてイリンの方を向くが、そこには今までと変わらないイリンの姿があるだけだった。

「……何かあったか?」

「いえ。何もありません」

イリンの答えを聞いて目の前の女性に向き直ると、女性はそれまでの剣呑《けんのん》な視線を、なんとも言えないような表情に変えていた。

「……ああ、そういうわけかい。安心しな、お嬢《じょう》ちゃん。私はあんたの敵にはならないよ」

「その保証はありません」

「なら、名と誇《ほこ》りにかけて誓おう。それでどうだい?」

「……分かりました」

二人の間で話がまとまったようだ。

なんとなくの話しか分からないが、多分イリンがまたおかしな感じになって、それを察した目の前の冒険者がうまく鎮《しず》めてくれたんだろう。

はぁ……いくら命を助けたからって、そんなに入れ込むほどの魅力《みりょく》が俺にあるとは思えないんだけどな。

内心ため息をつく俺の前で、冒険者の女性は息を吐く。

「――ふう、帰れなんて言って悪かったね」

「いいえ。女性の冒険者としては当たり前の警戒だと思いますよ。見たところお一人みたいですし」

　この世界は、『力を持っている者が正しい』みたいな風潮《ふうちょう》があるからな。それに準じて暴力にモノを言わせてバカなことをやるバカもいるから、自身の身の安全を守るためには当然の対応だ。

「ただ、そうやって謝っていただいたからには、ちゃんと教えていただけるのでしょう？」

「抜け目がないねぇ。ま、いいさ……で、何が聞きたいんだい？」

「その前に注文してもいいですか？　俺たちまだ何も食べてなくて」

　俺がそう言うと、目の前の女性は数回目を瞬《しばた》かせてから盛大《せいだい》に笑った。


「――するとこの街は平和なんですか？」

　彼女から一通り話を聞いた俺は、そう尋《たず》ねる。

　エルミナ・エルード。それが彼女の名前だった。

「ああ。魔族たちの国とも獣人たちの国とも接してないからね。戦う理由なんてないのさ。まあ騎士や兵どもは南の奴らといがみ合ってるけど、一般人には何もないし、あたしたちみたいな冒険者なんかは特にそうさ。亜人だろうが気にしない奴が多いから、亜人を受け入れている国と接してようが関係ないんだよ。ただ金になるから戦う。それだけさ」

呆《あき》れたように肩をすくめるエルミナ。話してる感じからすると、この国のことをあまり好きじゃないみたいだな。

よかった、最初に声をかけたのがこの人で。

「なるほど。じゃこの街では亜人がいてもそれほど騒ぎにはならないんですか？」

そうならイリンのことが見つかっても大丈夫だから、多少は気楽でいられるんだけど……

「いや、そういうわけじゃないね。亜人に偏見《へんけん》がないって言っても、お国柄全員がそうじゃない。街中には衛兵がいるし、そいつらに見つかったら誰かの奴隷であっても面倒なことになるかもしれないね――だからイリンちゃんのフードは外《はず》さない方がいいよ」

っ⁉　気づいていた？　なんでだ？　イリンのフードはこの街に来てから一度も外していないのに。何か耳と尻尾以外に見分ける方法があるのか？

「……お気づきでしたか」

「あったりまえだろ。これでもあたしはいくつもの国を旅してんだ。その程度の変装ならすぐに分かる」

エルミナは「ここにいるのだって旅の途中さ」とおどけてみせた。

しかし困った。見ただけで分かるんなら何か対策をした方がいいのか？

城から持ってきた『宝』の中に変装に使える道具とかあったかな？　それとも部屋から出さなければいいか？　窮屈《きゅうくつ》だろうけど、数日程度なら、まあ大丈夫だろ。

「まあ、あたしみたいにそれなりの腕がないと分かんないだろうけどね。けど、変装をするんだったらもっとしっかり形が分からないようにするか、フードじゃなくて帽子《ぼうし》にしときな」

「そうですか。それはよかった。それにご忠告ありがとうございます——ところでこんなことを聞いたら失礼かもしれませんが、エルミナさんはお強いのですか？」

それなりの腕、ということはこの人は強いということだろう。たまたま話しかけただけだが、もし高位の冒険者なら仲良くなっておいて損《そん》はない。

彼女がこの国を好きじゃないなら、もし俺の正体《しょうたい》がバレてもなんとかなりそうだし、後々彼女の力が必要になってくるかもしれないしな。

「なんだ、本当に知らなかったのかい？」

「……その口ぶりですと有名な方みたいですね。ですがすみません。さっきも言ったように俺たちは冒険者になったばかりなので、そういったことにはあまり詳《くわ》しくないんですよ」

「……へぇ。なるほど——悪かったね」

「？　何がですか？」

いきなり謝られても困る。なんで謝られてんだ俺は？

「いやね、登録したばっかりってのは嘘で、本当はやっぱりあたしを狙ってるのかと思ってたんだけど……どうやら本当に違ったみたいだね」

まだ疑ってたのか……いや、それも当然だな。一度、詐欺師《さぎし》かもしれないと疑った相手を、そう簡単に信じるわけがない。

元いた日本じゃ命の危機も少ないからすぐに他人を信じちゃう人もいたが、この世界では、そんな奴はいないだろう。

「おや、俺たちまだ疑われてたんですか？　いやー、傷つきましたね。この心の傷を癒《いや》すために、慰謝料《いしゃりょう》としてもっとお話を聞かないとですねー」

俺はそんなふうに戯《おど》けてみせる。

「くくっ。なんだい、その下手《へた》な芝居《しばい》は。ま、構やしないけど、話すだけでいいのかい？」

「ええ。俺たち旅をしてるんですけど、この国にいると他の国の情報が手に入りづらくて……ですのでエルミナさんが旅をした際のお話を聞ければな、と」

「くっくっく。そんなことでいいのならいくらでも支払ってやるさ」

そう言いながらエルミナは手を差し出してきた。

「改めて、あたしはエルミナ・エルード。ミスリル級冒険者だ。『飛燕《ひえん》』なんて二つ名で呼ばれてるよ」

ミスリル級といえば、冒険者としては一握《ひとにぎ》りしかいない、かなりの実力者の部類だ。金級くらいだと思ってたんだけど……これはいい話が聞けそうだな。

「俺はアンドー・アキト。冒険者になったばかりですが、よろしくお願いします」

……ああ、こうして誰かと話すのって、やっぱり楽しいな。

誰かを疑うことなんかより、よっぽど楽しいよ。

「それではおやすみなさいませ、ご主人様」

「ああ、おやすみ」

俺はそう言って、渋々《しぶしぶ》といった様子で部屋を出て行くイリンを見送る。

俺たちはエルミナと別れた後、冒険者ギルドから宿に戻ってきて、現在は明日の砦訪問のために準備を終えたところだ。

彼女からはいろんな話が聞けた。各国の情勢だったり、その地方特有の文化だったり。

特に貴重《きちょう》だったのが、これから俺たちが向かう予定のイリンの故郷がある獣人たちの国、クリュティース の情報だ。

知識の中には国の大まかな配置などの簡単なものはあったけど、その地特有の知っておいた方がいいこと、知らないといけないことが一切なかった。だからそういった知識を補《ほ》填《てん》できたのは十分な収穫《しゅうかく》だった。

それに、エルミナと知り合いになれたことも大きい。

知り合いといっても旅の途中のその他大勢として忘れられるかもしれないが、それでも構わない。一度接点さえできれば、何かあった時に頼ることができるかもしれない。

こういうのは、多くの人と接点を作って可能性を増やしておくことが問題解決の鍵《かぎ》になるのだ。

実際日本にいた時も、一度だけ会ったことのある人に営業に行って、そのおかげでなんとかなったことがあるし、それは異世界でも大して変わらないだろう。

まあ、ひとまずここまでは順調だな。

あとは明日、砦に行ってどうなるかだが……大丈夫だとは思うけど最悪の場合を考えて準備は怠《おこた》らないようにしよう。

「ふう。そろそろ寝るか。寝不足で力が出ないってのも馬鹿らしいし」

俺は店で買った侵入者《しんにゅうしゃ》を阻《はば》むための結界を張ってから眠りについた。高かったけど、金にはまだまだ余裕があるし問題ないだろう。

翌朝。

ここは王城ではなくただの宿屋である筈なのだが、城にいた時と同じように扉の前で誰かが待機する気配がした。

誰か、なんて見なくても予想はつくけど。

「おはようございます」

扉を開けると、そこには予想通りイリンが待っていた。

「最低限必要なことさえやってあれば、いちいち待ってないでいいぞ？　それにそこで待ってると、獣人だとバレるかもしれないしな」

「これは奴隷として必要なことですので。尻尾や耳は昨日エルミナさんに言われて、今まで以上に丁寧《ていねい》に隠《かく》していますからご心配には及《およ》びません」

やんわりと断ったつもりなんだけど、通じてないのか？

いや、この堂々とした様子は、分かってるけど引く気はないって感じか。

……仕方がない。これ以上言っても時間の無駄《むだ》か。

「……朝食に行こうか」

「はい！」

朝食を食べるために歩き出すと、イリンが元気よく返事をして付いてくる。

振り返ってその様子を見ることはないが、背後から聞こえた彼女の声にホッとしている自分がいた。

なぜホッとしたのか、何にホッとしたのかは自分でも分からなかったが、俺はそれを気にすることなく歩き続けた。

「食べながらになるが今日の予定を話そう」

この宿でも、大して美味《おい》しくはない朝食が出た。

パンと肉とスープ。まだ二回しか食べてないけど、これが一般的な宿の定番だと分かる。

俺にとっては噛《か》みちぎって食べるような、固く感じるパン。普通はスープなどに浸《ひた》してパンを柔《やわ》らかくしてから食べるものだが、イリンはなんでもないようにそのまま食べている……イリンは獣人だから、これくらいは当然なんだろうな。まあ、俺もやろうと思えばできるし？

……はぁ。つまらないことで見栄《みえ》を張るのはやめよう。

馬鹿らしいし、そもそも「やろうと思えば」なんて言ってる時点で負けてる。張り合いたいなら、あれを自然体でやらないと。

俺はそんな無駄な考えから頭を切り替えて、イリンに声をかける。

「イリンには、砦に行く時はそのメイド服を着替えてもらう。で、悪いが俺が用意した服を着てもらう」

「……はい。かしこまりました」

うん？　これまでなら俺の言葉に速攻で返事してきてたのに、今なんだか間があったな。

何か今の服を着替えたくない理由とかあるのか？　俺に仕《つか》える従者《じゅうしゃ》としての格好だからとか？

……分からないな。聞くしかないか。

「イリン。その服に何か思い入れというか、着替えたくない理由でもあるのか？」

「……はい。この服は、ご主人様にお仕えする者としてふさわしい格好ですから」

ああ。やっぱり。

そう言ってもらえるのはありがたくはあるんだが、砦を抜けるまでは作戦に必要だから着替えてもらわないといけな――

「それに、この服を着ているとご主人様を感じていられますので」

「うん？」

俺を感じていられるってどういう意味だ？

俺が送った服とかなら分かるけど、今イリンが着ているメイド服は彼女が自作したものだ。

それがどうして俺と関係があるんだ？

「この服の内側には、ご主人様からいただいた物を縫《ぬ》い込んであるんです。この服を着ているだけで、私は幸せな気持ちになれます」

…………うん？

なんだか今とってもおかしなことを言われた気がする。

俺があげたものを服の内側に縫い込んである？　俺はイリンに何かを贈《おく》った記憶なんて

全くないぞ？

「イリ……」

口を開いてイリンに問いかけようとしたが、なんだか聞くのが恐ろしくなってきて言葉が止まってしまった。

「どうかなさいましたか？」

ええい、迷う必要なんてないだろ！　知るのは怖いけど知らないのはもっと怖い。聞け、自分の安心のためにも！

それにイリンは一事が万事こんな感じじゃないか。どうせこの後も一緒にいるんだ。ここで臆《おく》していたら今後が大変だぞ！

イリンのことを信じることができず、一時は殺そうとすら思っていた筈なのに、俺は無意識のうちに、国境を越えた後もイリンと一緒にいる気になっていた。

「いや。俺はイリンに何を渡したかと思ってな」

「はい！　助けてもらった際にいただきました」

「……助けた時？　なにか……ああ、金になりそうなものと奴隷の契約書（偽）を渡したか？　でもそれ以外には特に渡してないよな？」

「はい！　その時にいただいたお金で布と裁縫《さいほう》道具を買いこの服を作りましたが、残りは使わずに、契約書と共に大切に保管してあります」

自分の腹部に手を当ててうっとりしているイリン。

……え？　なんでそんなところを押さえてるの？　そこに縫い付けてるのか？　なんでそこ？　もっと違う場所があるだろ、多分。

それに服にお金を縫い付けるとか、どんな成金趣味《なりきんしゅみ》だよ。

いやまあ、金属を服につけるってのは防具としてみるのであれば当たり前なのか？

それにいざという時のためにそういう風に隠しておくのも正しいから、イリンの行動はおかしくない？　……あれ？　どうなんだろう？

異世界の常識がよく分からなくなってきた。

「この服に縫い込んであるのは、ご主人様が私にくださった大切なものです。ですので、できる限りこの服でいたいのですが……ご主人様の命とあらば、如何様《いかよう》にもいたします」

……どうしよう。まさかあの時渡したものをこんなに大切にしてるなんて。

アレ、イリンの元主の奴隷商らしき男の死体から回収しただけなんだけど……

……うん。まあ、大切にしてくれるのはいいことだ。それよりも話を進めよう。

「そうか。じゃあ悪いんだけど頼むよ。それと、ちょっとした演技に付き合ってほしい」

「かしこまりました」

こちらの話を聞かずに即答するイリン。

「まあ待て。まずは説明を聞いてくれ。場合によっては痛いことになるだろうから、断ってくれても構わないぞ」

「いいえ。それがどのようなことであったとしても、私が断ることはありません」

こうもはっきりと言われると、これから頼む内容に心苦しさを覚えるな。

「まあ、こんなところで話すことでもないから部屋に戻ろうか」

朝食も既《すで》に終わってるし、他人の耳があるところでおおっぴらに話すことでもない。

部屋に戻って詳しい打ち合わせと準備をすることにした。

第2章　作戦と激闘《げきとう》

「それじゃあイリン。何かあったら打ち合わせ通りに頼むぞ」

「はい。お任せください！」

俺たちは現在、関所に併設された砦に向かっている。イリンにはさっき話していた通り、普通の服に着替えてもらった。

本来であれば、国を出るには申請をしてから数日から一週間ぐらい必要になるのだが、俺たちにそんなに待っている時間はない。

というわけで、通用するか分からないけど、ちょっと裏技を使わせてもらう。

失敗したらその時はその時だ。悩んでてもどうにもならない。

砦の入り口に近づくと、警備兵らしき男が声をかけてくる。

「おい、そこの奴。許可証は持っているのか？　まだなら出国の申請をあっちでしてこい」

そう言って近くにある建物を指差すが、俺は首を横に振る。

「ここの最高責任者に会いたい。案内してくれ」

「は？」

あえて偉《えら》そうに言うと、兵士たちは口を開けて、ぽかんとした表情になった。

「聞こえなかったのか？　ここの責任者に会わせろと言ったんだ」

「ふざけてんのかお前。ここがどこだか分かってんのか？」

「分かっているさ。亜人どもとその仲間である裏切り者どもから王国を守っている砦だろう？　だからこそ俺はここに来たんだ」

別に亜人のことを蔑《さげす》むつもりはないし、亜人を受け入れてる国を裏切り者なんて思ってないけど、作戦のためにそう言う。

単なる一般人のように見える俺に堂々とした態度でそう言われて、兵士は訝しげな顔になる。

そして説明を求めるように他の兵士たちに顔を向けるが、その答えを持っているものは誰もいなかった。

そんな彼らを、俺は急《せ》かす。

「早くしてくれ。こっちにも都合があるんだから」

「都合なんて知ったことか！　なんでお前みたいな奴の言うことを聞かなきゃいかんのだ」

「なに？　……連絡がうまくできてないのか？」

「は？　連絡だと？」

その兵士は再び他の者に顔を向けるが、全員が知らないと首を横に振る。

もちろんこれもハッタリ。連絡などあるわけがない。

もしかしたら、『勇者スズキ』を捕らえるため、黒髪黒目の男を捜《さが》すよう連絡が入っているかもしれない。

だが、今の俺の髪は金茶色である。

ちなみに、眼は黒色のままになっている。カラコンっぽいものはあったが、作りが粗《あら》そうで怖かったので使わなかった。

ともかく、俺はここで畳《たた》みかける。

「……なるほど。まさか、ここまでの状況だとは……」

あたかも何かを知っているかのように呟いてみる。

「まあいい。最高責任者が無理ならお前の上司でいい。呼んでくれ」

人というのは、よく考えればダメだと分かることでも、堂々とした態度で押し切られてしまうと、言われた通りに行動してしまうものだ。

一応疑いはするものの、本当のことを言っている可能性も考えて、上司なりに相談するだろう。

今回はその上司が目的なので、いずれにせよ俺の狙い通りになるというわけだ。

そして目の前の兵士も、俺の思惑《おもわく》通りに動いてくれそうだった。

「……その前に、お前の名前と所属を聞かせろ」

「所属は国王陛下直轄《ちょっかつ》部隊だが、俺の名前は言えない」

「言えないだと？　それで『分かった』とでもいうと思っているのか？」

「ああ、思う。俺がわざわざ所属まで伝えたんだ。流石に、それで名前を言えない理由を察せないような馬鹿じゃないだろう？」

俺の言葉にざわめく兵士たち。国王の直轄なんて実際に会ったことがなくて、どうすればいいのか分からないんだろう。

このままでは時間がかかりそうだったので、できるだけ早く案内してもらいたい俺は駄《だ》目押《めお》しする。わざとらしくため息を吐いてから、収納から一本の剣を取り出した。

「証拠《しょうこ》としてこれを。これを見せれば俺のことを信じてもらえる筈だ」

それは宝物庫から持ち出した、この国の国章が入った剣だ。

俺たちの訓練に付き合っていた騎士団長だけでなく、召喚者である魔術師の爺《じい》さんも持っていたもので、爺さんの知識によると、所属や身分を示すためのものらしい。

装飾《そうしょく》の豪華《ごうか》さが違うものが数種類あったので、その中でも二番目に豪華なものを出した。

これがあれば多分ここの責任者、少なくともこいつらの上司には会わせてもらえるだろう。

「何？　証拠？　……っ、これは！　し、失礼しましたっ！　ただ今上司を呼んで参ります！」

俺と話していた兵士は、剣を見るなり走り去っていったのだった。

「——お待たせいたしました。あなたが国王陛下の使者の方ですか？」

しばらくすると、隊長らしき身なりの男がやってきてそう言った。

使者って名乗った覚えはないんだけど、まあどうでもいいか。

「どうも。それで、この砦の責任者には会わせてもらえるんですか？」

「はっ！　責任者のセリオス閣下《かっか》はただ今訓練中でしたので、身だしなみを整《ととの》えてからとなります。客室をご用意いたしますので少々お待ちください」

よかった。会わせてもらえるみたいだな。

……にしても訓練か。そりゃ仮想敵国との国境だもんな。訓練は必要か。

でも、訓練を真面目《まじめ》にしてるってことはそれなりに強いんだろうな。

もし作戦が失敗して戦うとなったら、苦戦するかもしれない……もしもの場合を考えて、十分に警戒をしておこう。

すぐに部屋に案内されたので、俺はソファに座り、イリンを後ろに立たせる。

そして寛《くつろ》ぎながら探知を張り巡《めぐ》らせ、駐屯地《ちゅうとんち》内部を探る。敵地の確認は基本だからな。

しかし誰かがこちらに近づいてきたのが分かったので、探知の範囲を普段通りに戻す。

「お待たせした、使者殿《どの》」

ノックの後部屋に入ってきたのは、王都の騎士団長に似た体格の、五十歳くらいのいかめしい男だった。

「いえ、突然の来訪で申し訳ない。国王陛下の直轄部隊『レプリカ』。名をアンドーと申します」

俺はそう名乗るが、もちろんそんな部隊は存在しない。適当に作った部隊名だ。

勇者の出来損ないや偽物《にせもの》なんて呼ばれた俺にはぴったりな名前だと思う。まあ、そんな俺が国王の直轄を名乗るとかなんの皮肉だよって感じはするけど。

目の前の男は、一つ頷《うなず》いて口を開く。

「私はこの王国南方砦の責任者を任されているセリオス・セルブルだ――『レプリカ』か。申し訳ない。寡聞《かぶん》にして知らないのだが、どのような部隊なのかお聞きしても？」

疑問系ではあるがその目は鋭く、言わないと話を進められそうにない。できる限り不自然にならないように慎重《しんちょう》に話を進める。

王女との交渉の経験があるから臆さずにいられるが、あの経験がなかったらびびってもうミスをしていたかもしれないな……だからといって感謝する気はない。俺がここにいるのも元はアイツらのせいだし。

「……本来は機密《きみつ》にあたりますが、ここで時間を取られても仕方がないのでお話ししましょう。ですが他の方には退出願いたい」

「――お前たち、さがれ」

セリオスは訝しげにしつつも、共に部屋にやってきた者を下がらせてから、改めてこちらを見た。

俺は頷いて話し始める。といっても本当のことなんか言えないので当然作り話だ。

「『レプリカ』は過去の勇者の末裔《まつえい》、その一部を集めた部隊。末裔の全てがそうであるとは限りませんが、中には勇者の能力を受け継《つ》いだ者が生まれるのはご存知かと思います……髪の色は違いますが、私の眼や顔立ちは勇者たちに似ているでしょう?」

「ふむ。確かに伝え聞く容貌《ようぼう》に似ているな」

どうやら納得してもらえそうだ。

実際にこの世界では、勇者しか持てない『スキル』を持って生まれてくる者がいる。

だからこそ、セリオスも信じたのだろう。

まあ、スキルを持って生まれるのが本当に勇者の末裔かどうかは分からないらしいけど。

過去って言っても何百年前とかにもいたわけだし、その時の勇者の血縁《けつえん》かどうかは、魔術で調べようにも不可能なんだとか。

しかしこうしてセリオスは信じかけているので、俺は言葉を続ける。

「お疑いなら、嘘感知の魔術具を使用しても構いません――いえ、使用してください。先ほども申しましたが、時間を取られたくないのです」

通常、相手を信用していないと宣言しているようなものである嘘感知の魔術具を、堂々と使うことはない。

しかし今はあえてそれを勧《すす》める……どうせ、もう隠れて使ってるだろうしな。

「それほどか……分かった。では使わせてもらう」

セリオスは一度立ち上がると扉の外に出て、置物のようなものを持って戻ってきた。

この置物が嘘感知の魔術具である――筈がない。

だって、王女との会談の時に、こんなもの見た覚えがないからだ。

おそらくはこれはフェイクで、本物はセリオス自身が持っているのだろう。

いずれにしても魔術具があるのは確かなので、嘘をつかないようにしっかりと騙していこうと思う。

嘘をつかないで相手を騙《だま》すなんて、もうすっかり慣れっこだ。王女相手にも通用したんだから、この男相手でも大丈夫だろう。

セリオスは居住まいを正《ただ》すと、真っ直ぐに俺を見つめてくる。

「それで、わざわざ陛下の直轄の方が来られたのだ。何か重大な要件があるのだろう？」

「はい。まず、先触《さきぶ》れや伝令なく私が単身で来たわけをお話ししましょう――勇者が殺されました」

「な⁉」

座っていたソファを倒さんばかりの勢いで、セリオスがガタッと立ち上がる。

「そ、それは本当のことなのか⁉」

「残念ながら……」

セリオスは驚き立ち上がった状態から、ゆっくりとソファに腰を下ろす。

そして一度目を瞑《つむ》ると、少し考えるように俯《うつむ》いてチラリと手元を確認した。おそらくは、嘘感知の魔術具を見ているんだろう。

そして確認を終えると、俺の言葉が本当だと信じたのか、再び鋭い目つきになった。

「申し訳ない。続きを」

目の前の男から発される威圧感にゴクリと息を呑《の》み、俺は話を続ける。

「ええ――現場の状況から、おそらくは魔族の仕業《しわざ》ではないかと。また勇者が殺されたこと以外にももう一つ、犯人がどこから侵入したのかという問題もあります。そこで現場となった勇者の部屋を隅々《すみずみ》まで調べたところ、外部へと繋《つな》がる隠し通路が見つかりました。そしてここからが重要なのですが――その通路は一部の貴族たちの屋敷に繋がっていたのです」

「なんだと⁉」

今度は自制できたのか、ソファが動き前のめりになってはいるものの、セリオスは立ち上がることはなかった。

「失礼した――この国に裏切り者がいる。そういうことですか？」

「非常に残念なことですが、おそらくは……今頃国王陛下を筆頭《ひっとう》に、王族の方々が信用できる者と共に調査を進めているでしょう」

これはあくまでも俺の予想である。なので嘘にはならず魔術具は沈黙《ちんもく》したままだ。

「そんな状況ですので、通信の魔術具では傍受《ぼうじゅ》される危険があるため、私が直接来ました。本来の目的を果たすため。そしてあなたに現状を話すために」

「ふむ……」

ひとまず今のところは問題ないだろう。様子を見た限りじゃ信じてくれてるみたいだし。でもまだ終わりじゃない。むしろ、まだ始まったばかりと思って話し合いに臨《のぞ》んだ方がいいだろう。

気合《きあ》いを入れ直しているとセリオスが重々しく口を開いた。

「現状については理解した。今後は外だけではなく内にも警戒しよう――それで、本来の・・・目的というのは聞いても？」

「はい。どのみち話す必要がありましたので――おい。フードを取れ」

俺は後ろに立っていたイリンに向かって命令する。

普段だったら、絶対に性《しょう》に合わないからこんな話し方はしないんだけど……ここで獣人であるイリンに丁寧に接していたらおかしいので仕方がない。

「……獣人、か」

「ええ。今回何者かに先手《せんて》を打たれ、勇者を殺されましたが、実はこちらから攻撃を仕掛ける計画がありました。私は亜人どもの国の情勢や地図などの情報を集めるため、隣国に行く必要がありました。作戦に支障《ししょう》がないと判断したらついに……というわけです」

俺がそう言うと、セリオスは真剣な目つきで重々しく頷いている。

「私が求める情報は正確性と早さが命です。そのため、一刻も早く通行許可が欲しいのです」

ちなみに、情報や地図を手に入れるってのは本当。情報や地図がないとその後の行動方針も立てられないから、情報は集めるつもりだった。

そして、この国に渡すとは言っていないのがミソだ。

「攻撃を仕掛ける計画」についても、主語も目的語も出さなかったし、嘘を付いていることにはならない。

あとは勝手にセリオスが話を繋げて勘違《かんちが》いしてくれる、ということだ。

「ふむ。確かにアンドー殿の言うことは分かる。情報の有無や正誤《せいご》は、侵攻《しんこう》の成果を左右するからな――だが、そっちの獣人はなぜ連れていく必要がある?」

まあそうなるよな。潜入《せんにゅう》するなら足手纏《あしでまと》いになりそうな子供は必要ない。

……でもイリンは足手纏いにはならないだろうなぁ。身体能力はこの歳《とし》で俺より上だし、むしろいろんなところで役に立ちそう。

しかしそれを言うわけにもいかないので、誤魔化しておく。

「簡単に言ってしまえば、怪しまれないようにするためですね。我《わ》が国の人間が、下等な亜人を連れて任務につくと思いますか？」

「あり得ないな」

即答か。どんだけ亜人が嫌いなんだよ。

そう思ったが、今は俺もこの国の一員として動かなきゃならないので笑顔を返す。

「それに、こいつは奴隷として攫《さら》われましたが、ある程度は道を覚えているようで、案内にも適しています――道を覚えたところで逃げられる筈もないのに、健気《けなげ》なことです」

「ふむ。なるほどな」

俺が肩をすくめて冗談交じりに言うと、セリオスは腕を組み考え込む。

どうかこのまま素直に通してくれるとありがたいんだけど……

「貴殿《きでん》の話は了解した。よかろう。すぐにでも通れるように取り計《はか》らおう」

「ありがとうございます。いずれこの国に戻ってきたら、国王陛下にも貴殿のことを話しておきましょう」

俺はソファから立ち上がり、手を伸ばして握手《あくしゅ》を求める。

「ハハハッ、それはありがたい。だがその場合は私をここから動かさないようにも言っておいてほしいな」

セリオスは応えるように手を伸ばし、握手をしながらそう言った。

「なぜです？　昇進《しょうしん》にご興味がないので？」

「ああ。もちろん昇進自体は嬉しく思う。だが、ここはある意味で最前線だ。守りを手薄にするわけにはいかんし、かといって守りを厚《あつ》くしすぎてもいかん。故に、ここは私が守らなければならん。私がいれば、ここの守りを崩されることなどありはしないからな」

そう言ってのけるセリオスからは、自信がありありと感じられた。

だがそれも、大言壮語《たいげんそうご》だとは思えなかった。

セリオスは俺が今まで見てきた中でも、かなりの強者の雰囲気《ふんいき》を出している。多分俺が正々堂々、真正面《ましょうめん》から剣で戦ったら負けるんじゃないか？　……まあ、正々堂々となんて戦う気ないけど。

本当に戦うとなれば剣以外にも罠《わな》や搦《から》め手を狙うし騙し討《う》ちもする。どれだけ卑怯《ひきょう》と罵《ののし》られようが、最後に生きていた方が勝ちなんだからそれでいい。勝てば官軍って言うしな。

ま、戦わずに済むのが一番だけどな。

「では一旦宿に戻って引き払ってきます」

「うむ。了解した。ではこちらもそれまでには通行できるようにしておこう」

「ありがとうございます――あっ、一つだけ。言うまでもないかと思いますが、一応言っておきましょう」

「む？ なんだね？」

「国王陛下に連絡を取る場合は通信の魔術具ではなく、必ず使者を使っての連絡を行なってください。最初に申しました通り、敵に内容が筒抜《つつぬ》けになる可能性がございますので」

歩き出した足を止め、通信の魔術具を使わないように改めて釘《くぎ》を刺す。ここまで上手《うま》くいっていても城に確認を取られたら嘘がバレるからな。

「心得ている。安心されよ」

「失礼しました。それでは今度こそ失れ――」

――ドオオオォォォオン‼

部屋を退出しようとした瞬間、体の底から響《ひび》くような音と衝撃《しょうげき》が、砦を駆《か》け巡った。

ドオオオォォォオン‼

最初の衝撃から抜け出せないままに、二度目の音と衝撃が俺の体を蹂躙《じゅうりん》していく。

「うわっ！」

「ぐうっ！」

話し合いが終わって少しだけ油断していた俺は、驚きのあまり情けなく声を上げてしまう。

「くそっ！　何事だ！　――おい、状況は⁉」

セリオスもこの想定外の出来事に驚いていたが、流石は砦を任されるだけあって、すぐさま扉の外に待機していた部下に確認をとる。

「分かりません！　ですが壁の向こう側から煙《けむり》が上っていますのでそちらで何かあったのではないかと」

「壁の向こう？　……それであの音と衝撃か？　ふむ……」

セリオスが首を傾《かし》げるが、確かに壁の向こうが発生源なら、これほどまで激《はげ》しい音と衝撃が来るのは少しおかしい。

「確認を急がせろ！　壁があるからこそ、この国には護《まも》りの魔術が効いているのだ。壁が壊《こわ》されれば大変なことになるぞ！」

「はっ！　ただちに！」

扉の向こうからガシャガシャと音がする。走って確認に行ったのだろう。

「――すまないがそういうわけなので、貴殿の出立《しゅったつ》は遅《おく》れることになるやもしれん」

「分かっております。ですがこの地はこの国の守護《しゅご》の要。一刻も早い事態の解決を願っています」

クソッ！　なんでこのタイミングで問題が起こってるんだよ！

今すぐ通せって言いたいけど、そんなこと言ったら怪しまれる。ここはしばらく大人しくしてるしかないか。

「うむ。では私はこれで失礼させていただく。一応許可証の方はできる限り早く用意させよう。部下を一人置いていくので、後のことはその者に」

そう言ってセリオスは、残した者以外の部下を引き連れて部屋を出て行った。

しかし、これからどうするか……この混乱が今日中に片付かないのであれば宿は引き払わない方がいいか？

一応宿代は前払いで支払い済みだし、荷物も全部収納に入ってるから、このまま消えても問題ないっちゃ問題ないけど……

まあ、許可証自体はすぐに貰《もら》えるみたいだし、受け取ったら、問題が解決してなくても無視して先に進めばいいか。

もし門が壊れたりすれば明日になっても通れないかもしれないが、国の護りの要がそう容易く壊れたりはしないだろう。

とりあえず、今は様子を見ているしかないか。

結局、許可証自体は思ったよりも早く届いたが、それを受け取ってからも俺たちはそのまま部屋に留《とど》まり様子を見ることにした。

といっても、収納から茶と軽食を出して優雅《ゆうが》にティータイム……とはいかないので、適当に装備《そうび》の点検をしている。セリオスの部下の目もあるから、余計なことはできないんだよな。

ドオオオォォォオオン‼

セリオスがこの場を離れてから既に三十分ほど。

それなりに時間が経ったわけだが、繰《く》り返される音と衝撃は一向に収まることがない。

それどころか最初よりも強くなってる気さえする。

「……ふう。まだ解決しないのか……セリオス閣下はご無事だろうか？　すまないが現在の状況を確認してきてもらえるか？」

「はっ！　かしこまりました。少々お待ちください」

セリオスの部下にそう言うと、外の様子が気になっていたのか、すぐに返事をして出て行ってしまった。

彼は俺の監視役《かんしやく》も兼《か》ねていると思っていたんだが、違ったのだろうか？

だがこれで多少は何が起こってるか分かるだろう。情報がないと動きようがないからな。

……それはそうと、今のうちにいつ何が起こっても対応できるようにイリンと打ち合わせでもしておくか。

「イリン。もう少しここにいることになるが、ここにいる間は立ったままでいてくれ。悪いな」

「いえ、そんなことありません！　私はご主人様の奴隷ですから当然です」

「そうか……これからの行動について話しておこう」

ひとまずこの砦を越える許可は取れたし、許可証も届いている。三十分もしないで届くなんて早いなと思ったけど、それだけ俺のことを気にかけてくれているんだろうな。

……この許可証に何も細工がされていないという保証はないから、今回使ったら収納の肥《こ》やしになる予定だけど。発信器的な役割があったらたまったもんじゃないからな。

まあいい。今はこの後どうするかだ。

この状況の原因として考えられるのは、壁の向こうの国か、あるいは他の勢力が攻撃を仕掛けている可能性だ。

事故かとも考えたけど、音も震動もこれだけ続き、音については大きくなってすらいるので、それはあり得ないだろう。

しかし、どの勢力が攻めてきているにせよ、壁の丈夫さは知っている筈だ。この様子なら、破《やぶ》られることはないだろう。

でも、だとしたら一体なんのために――

「――⁉　――‼」

それにしても外が騒がしいな。そんなに騒ぐほどの何かが起こってるのか？

……少し探ってみるか。

俺は探知を今まで以上に深く広く展開していき、周辺の状況、特に壁の付近について調べようとする。

「っ⁉」

だが、探知が国境の壁に届いた直後、俺たちのいる部屋を――建物そのものを、今までとは比べ物にならないほどの轟音《ごうおん》と衝撃が襲《おそ》った。

まるでこの建物が爆弾の直撃でも受けたかのように。

いや、『まるで』などではなかった。

おそらく爆弾ではなく魔術だろうが、まさに直撃を受けたのだ。

だが、俺は国境の壁にばかり気を取られていたせいで、建物が崩壊《ほうかい》し始めてようやく、自身のいる建物が魔術の直撃を受けたのだと気がついた。

探知も深かったために咄嗟に反応できず、崩れてくる瓦礫《がれき》に巻き込まれそうになってしまう。

「ご主人様っ！」

そんな俺をイリンが抱《だ》きかかえ、建物の外へと連れ出そうと走り出した。

イリンの咄嗟の行動のおかげで、俺は多少の傷を負《お》ったものの、脱出することができた。

だが……

イリンは建物から出たところで転《ころ》び、俺はその場に投げ出される。

俺は崩れていく建物を呆然《ぼうぜん》と眺《なが》めていたのだが、俺を助けてくれたイリンのことをハッと思い出し、転びそうになりながらも彼女の元へと駆け寄り抱きかかえる。

イリンは俺以上に全身が傷つき、艶《つや》やかだった薄緑の髪は土と埃《ほこり》に塗《まみ》れ、ところどころが赤く染まっている。

脚はおかしな方向に曲《ま》がり腕は抉《えぐ》れ、俺と話していた時は感情を表すようにブンブンと振られていた尻尾はなぜか短くなっていた。

――おかしい。なんでこんなことになっている？

「……けふっ。ゴホッ、ゴホッ……」

イリンが咳《せき》をすると、ビチャッと音を立てて俺の体が赤く染まる。

「――ふくを、よごして、しまい……もう、し、わけ……ありま、ゴホッ！　……ありま、せん……」

「あ、ああ」

途切《とぎ》れ途切れのイリンの言葉に、そう返すことしかできない。

俺は目の前の現実を受け入れられずにいた。

いや、これは本当に現実なのか？　そうだ。そもそも異世界なんてのがまずおかしいんだ。嫌々ながらも仕事に行ってクタクタになるまで働いて家に帰る。それが俺の生活の筈だ。これは夢だ。夢なんだ。じゃなきゃおかしい。だってそうじゃないと――

「わたしは、あなたのおやくに……たてた、で……しょうか……?」

でも腕の中の重みが、これが夢であることを否定する。

重みだけじゃない。建物から脱出する際に打ち付けた全身の痛みも、周囲から漂《ただよ》うものが焼けた臭いも、未だに続いている音と衝撃も……イリンから流れ出る血の温かさも。

その全てが、これは現実だと主張していた。

「ああ、お前は――いや、まだだ。まだお前は俺の役に立ってない。だから死ぬな……俺に、恩を返せ」

イリンは残念そうな顔をしつつも、どこか嬉しそうに微笑《ほほえ》むだけで何も喋《しゃべ》らない。

――おかしい。なんでこんなことになっている?

何がいけなかった? どうすればよかった? 誰が悪かったんだ?

「……コフッ……」

呼吸が弱々しくなっていく腕の中のイリンが咳《せ》き込んだことで、ハッと気づく。

こんなことをしている場合じゃない。早くイリンをどうにかしないと。

……でもどうやって?

俺に回復魔術の才能はない。できることは収納するぐらいだが、それでどうする? そんなもの、精々が瓦礫を片付けるくらいにしか役に立たない。

いや待て。確か城の宝物庫から盗《ぬす》んだものの中に、王族の緊急時《きんきゅうじ》に使う最上級の回復薬があった筈だ。それを使えば！

「待ってろ、イリン。今治《なお》してやる。だから死ぬな」

収納から回復薬を取り出し、栓《せん》を開けようとしたところで手を滑《すべ》らせて落としてしまう。

「クソッ！」

何やってんだよこんな時に！

……だめだ。落ち着け。焦ったところで意味はない。落ち着いて、素早く、確実にやるんだ。じゃないとイリンがっ……！

「ほらイリン。これだ。これを飲めばその程度の怪我《けが》なんて……」

ようやく栓の開いた魔法薬を見せながらそう言うが、イリンから呼吸の音が聞こえない。

「────え？」

何が起きたのか理解できず間抜《まぬ》けな声を出した俺は、少しの間呆然とイリンの姿を見つめる。

そして、俺は恐る恐るイリンの心臓に耳を当てた。

……トク……トク……トク……

微《かす》かに。本当に微かではあるものの、まだイリンの心臓は動いていた。

だがそれも時間の問題だろう。このままでは数分、いや数秒後に止まってしまうかもしれない。

「まだだ。まだ大丈夫だ。これを使えば治る。だって王族用の薬だぞ。大丈夫だ。大丈夫に決まってる」

逸《はや》る心を抑《おさ》え、自分に言い聞かせるように呟きながら、今度こそ薬をイリンに飲ませていく。

薬の効果は劇的《げきてき》だった。

数分と経たずに折れていた脚は元通りになり、イリンの体にあった傷は塞《ふさ》がり、心臓の音も正常なものへと戻っていく。

「よかった……よかった。生きてる。生きてるっ！」

イリンのことを信用してはいけないと、あれほど不当な扱いをしてきたにもかかわらず、いざイリンが死にそうになったら死んでほしくないと縋《すが》り付く。なんと自分勝手なことか。

こんなことになって、誰が悪いのかと言われれば……そんなの、俺以外にいるわけがない。

本心ではイリンのことを疑いたくないと思っていたのに、生きるためだと、殺した命に報《むく》いるためだと、無理矢理に理由をつけて疑っていた。

それで、俺の弱点を教えなかったり、まともな装備をさせなかったり……信頼してちゃんとやっていれば、こんなことにはならなかった筈だ。

服の下に隠せるような魔術具なんて、城から奪《うば》ってきた中に捨てるほどあるんだから、それを渡しておけばよかったんだ。そうすれば、いくら俺を庇《かば》ったからといっても瓦礫ごときで死にかけることなんてなかった。

だから、こうなったのは俺以外の誰のせいでもない。今ここでこうならなかったとしても、いつかは同じようになっていただろう。

自分の愚《おろ》かさに吐き気がする。

自分の無能さに情けなくなってくる。

自分の身勝手さに怒りがこみ上げてくる。

こんな俺は生きてる価値なんかないのかもしれない。

でも永岡直己を殺してまで生き延《の》び、イリンが命を懸《か》けて助けてくれたこの命、俺の自分勝手で捨てるわけにはいかない。

だからひとまずは生き残ろう。それだけが今の俺にできる唯一のことだから。

俺はイリンが苦しくないように、優しく運《はこ》ぶ。

瓦礫の陰《かげ》に隠れ周囲から見えなくなったところで、城からの脱出路を作った時のように地面を収納して、地下へと続く階段を作り下りていった。

魔術具の灯《あか》りだけが照らす薄暗い部屋の中。

この部屋の中には、簡素《かんそ》なベッドの上に横たわっているイリンと、そんな彼女の横に腰掛ける俺だけが存在している。

「——イリン」

俺はベッドに向かって、ぽつりと声をかける。

先ほどまで死にかけるほどの大怪我をしていたイリンだが、今はその傷も消え、しっかりとした呼吸をして眠りについている。

俺は安堵《あんど》して息を吐き出した後、顔を前に戻し再び沈黙する。

そんなことをもう何度も繰り返していた。

俺たちの頭上にある国境砦と兵士たちの駐屯地を襲った奴は未だ倒されてはいないようで、時折揺れや音がここまで届いてきている。

……俺はどうすればいいいんだろうか。

このままここにいれば、いずれは兵士たちが敵を倒してくれるだろう。俺たちが外に出るのは、それからでも構わない筈だ。

もし仮に兵士が負けてこの地が支配されたとしても、混乱に乗じて逃げ出せばいい。

王都からの追っ手の心配はあるけど、ここまで派手《はで》な事件があれば俺のことは捜しづらくなるし、この場所が敵に乗っ取られたら、俺のことなんて構っている場合じゃないだろう。

だから追っ手の心配はそこまでしなくていい。

とにかく俺は、少なくともこの国を出て行くまでは生き延びなくちゃいけない。それが永岡君を殺してまで逃げ出した俺の責任だから。

——だから、ここで危険を冒《おか》す必要はない。

——だから、ここにいるのは正しいことなんだ。

……でも、ここで大人しくしていればいい筈なのに、そう思う反面、俺は今回の騒動《そうどう》を起こした奴に報復《ほうふく》したいとも思っていた。

いつか同じことが起こっていただろうし、結果として今は俺もイリンも死んでいないのだから、騒ぎの元凶《げんきょう》には感謝をしてもいいのかもしれない。俺の愚かさに気づかせてくれたんだから。

でも、たとえそうだとしても、俺の気持ちは収まらなかった。

単なる八《や》つ当たりだっていうのは分かってる。

……でも、そう理解していても、俺はこの行き場のない感情をとにかく吐き出したかった。

このまま騒ぎの元凶のところまで行きたい。

だけどここにはイリンがいる。

怪我が治ったとは言っても、未だ意識を取り戻さないこの子を放って出て行ってもいいのだろうか。

そう思うと、彼女のそばを離れる決断ができなかった。

「……どうすれば、いいんだろうな……」

「ごしゅじんさまの、おすきなようになさればよろしいかと」

突然聞こえた舌足らずな幼い声に勢いよく振り向くと、そこには体を起こそうとしつつも、なかなか起き上がることのできないイリンの姿があった。

「イリン！」

俺はイリンを寝かせようとするが、それでもイリンは起き上がる。

今のこの子の状態なら無理に押さえ付けるのは簡単だけど、そんなことをすれば体調に響くかもしれない。俺は仕方なく、イリンが体を起こす手伝いをした。

「まだ寝てろ。傷は薬で治したけど今は休んでろ」

今までであれば縦《たて》に振っていた首を横に振り、イリンは俺の言葉に逆《さか》らった。

「いいえ。いまだからこそ、ねているわけにはいきません」

治ったとはいえ一度は死にかけたイリンは未だ本調子ではないらしく、舌足らずな言葉が続く。

「わたしのしりあいがいってました――『おとこはやりたいことをやっているときがいちばんかっこいい』と」

「やりたいこと……」

俺がやりたいこと。それはなんだろうか？

ここまでは、ただ生き残ることだけを考えて城から逃げてきた。だけどそれは『やりたいこと』ではなく生きるために『やらないといけないこと』だった。

「かっこいいごしゅじんさまのすがたを、わたしにおみせいただけませんか？」

かっこいい俺なんているわけがない。

イリンが見ているのは幻想だ。俺はただあの日偶然《ぐうぜん》、イリンを助けただけ。

それなのにこの子は、俺を追い続けている。

「……かっこいい俺なんて、単なるお前の幻想だよ……」

「そうはおもいません。あなたはわたしの勇者さまです。それはだれがなんと言おうと、変わることがありません――たとえ、あなた自身がひていされようとも」

幾分《いくぶん》か元に戻ってきた言葉を発するイリンの瞳には、一欠片《ひとかけら》ほどの迷いすらないように見えた。それ以外の真実など存在していないと、絶対の自信を持っているかのように。

やりたいこと、か……。

「……俺は、こんな状況を作り出した奴を倒したい」

しばらくの間目を瞑り考え込んだけど、その間にイリンは俺を急かすこともなく、ただじっと笑顔で待ってくれていた。

そして俺を見つめ、頷いてくれる。

「はい」

どこまでも真っ直ぐな彼女に、俺はただ笑うことしかできなかった。

ほんと、俺なんかのどこがいいんだか分からない……けど、彼女のこの思いを裏切りたくなかった。

俺はイリンをベッドに横にさせてから立ち上がると、そっと頭を撫《な》でる。

「――行ってくる」

「ご存分に」

存分に、か。

俺は少し難《むずか》しく考えすぎていたのかもしれないと、イリンと話しているうちに思うようになった。

永岡直己。俺が手にかけた彼の死を忘れるつもりはないし、忘れたいとも思わない。彼を殺したのは俺の罪だ。

だけどそれに縛《しば》られる必要はない。

開き直りだと言われるかもしれない。だが、それでも構わない。

やりたいようにやって、満足して死んでいく。もし後悔しながら死んでしまったら、彼が死んだ意味がなくなってしまう。

俺は彼を殺して城を出た時に、幸せになってやると決めた筈だ。それを今一度思い出した。

せっかく異世界に来たんだし、俺はもう少し自由に生きてみようと思う。

外に出ると、相変《あいか》わらず攻撃は終わっておらず、音と衝撃が続いていた。

「――アレがこの騒ぎを起こした元凶か」

炎と煙が視界いっぱいに広がる中、瓦礫となった兵舎の上空に赤黒い人型の何かが飛んでいるのを、身を潜《ひそ》めて確認する。

「クフフフッ。どうしましたかあ～。皆さん、私を倒さなくてよろしいのですかあ～？」

それは人型ではあるが、確実に人ではないと断言《だんげん》できた。

赤黒い鱗《うろこ》の生《は》えた肌。手足は太くその者の体を大きく感じさせるが、太いというよりも膨《ふく》れているといった方が正しいだろう。

膨れた体には不釣《ふつ》り合いなほど小さな頭部には角《つの》を生《は》やし、両眼の上下に一対ずつ、計六個の眼が存在している。

そして背中には、正面から少しだけ見えるほど小さな、体の大きさに見合わない翼が生えていた。

あんな魔物は知らないが、多分魔族だろう。

魔族という存在は、生まれ方が同じだからと一括《ひとくく》りに同じ種族として扱われているが、姿や性質は個体差が大きく、実際はほぼ別の種族と言えるらしい。

そんな魔族を観察する俺の視線の端《はし》では、兵士たちが武器を構えていた。

「くっ！　重騎士隊、盾構え！　弓兵隊、魔術師隊はその陰から放て！　他はそれらの守護に当たれ！」

砦を守る兵士たちは、これまで幾度《いくど》となく同じことを繰り返してきたのだろう。しかし魔族は、傷を負った様子はない。

だがそれでも、兵士たちは同じことを繰り返す。

国境の壁での守備に慣れていた彼らは、経験したことのない戦いに苦戦しているようだ。

これまでは、壁の上や内側という優位な立場で守ることがほとんどで、劣勢《れっせい》に立たされた時の心構えができていないのだろう。

その上、砦の近辺に飛行型の魔物がいないこともあり、宙に浮く敵への対処にも慣れていないように見えた。

今もまた上空から陣形《じんけい》を崩されたが、同じ作戦を繰り返している。

守りを固め、遠距離攻撃を放ち、他が補助に回る。

実際、その作戦は間違いではないんだろう。空を飛んでいる相手に届かない武器を振るっていても、永遠に倒すことなどできないのだから。

だが、圧倒的に練度《れんど》が足《た》りていなかった。

これが王都で勇者の護衛《ごえい》をしていた騎士たちであれば、余裕とはいかないまでも問題なく対処できた筈だ。

魔族としても練度不足は理解しているらしく、立ち向かってくる兵士たちを嘲笑《あざわら》っている。

「クッフフフフ～！　ほらほら～、どうしました～？　全然当たってませんよ～？」

「くっそおおぉぉ！」

そうして魔族は暴《あば》れ続け、兵士たちは抵抗を続ける。

魔族は愉悦《ゆえつ》に、兵士たちは絶望《ぜつぼう》に、顔を歪《ゆが》ませながら。

現在魔族は兵士たちを馬鹿にするように、空を飛んだりわざわざ地上で騎士たちの相手をしたりと、空と地上を行ったり来たりしている。

明らかに舐《な》め切った態度だが、それでも兵士たちは攻撃を当てられずにいた。

こう言っちゃなんだけど、正直こんな奴らがこの国の防衛線を維持してるなんて冗談にしか思えない。

指揮官であるセリオスは堅実《けんじつ》な指揮をしているし、魔族が地上に降りてきた時にはまともに戦えている。

だが、セリオス以外の他の騎士や兵士たちは慣れない対空戦に適応できておらず、そのうち全滅《ぜんめつ》するだろうことは目に見えていた。

とはいえ正直、この国の兵士や騎士が全滅したところで、俺としては一向に構わなかった。

むしろ、そうなれば追っ手が来る危険性が減《へ》るので、素直に喜んでもいい。

特に今後のことを考えると、障害となりうるセリオスには、できればこの場で死んでもらった方が安全かもしれない。

多少ではあるが、俺の情報を与えてしまったし、それがいつ俺にとってマイナスになるか分からない。

……まぁとりあえず兵士に関しては放っておいて、今はあの魔族をどう倒すか考えないとな。

さっさと倒したいところだが、残念ながら俺は、無策《むさく》で突《つ》っ込《こ》んであいつに勝てるほど強くない。

考えなしに敵に突っ込んでいくなんてのは、正義感溢《あふ》れる『勇者』にでも任せておけばいい。

だからこそ、今も物陰《ものかげ》に隠れながらあの魔族の行動を観察しているわけだし。

……けど、このままあの魔族に好き勝手されるのも気にくわないな。

どうせあいつを殺すことは決まってるんだ。だったらあいつがここを襲ったことを後悔するように、できるだけ屈辱的《くつじょくてき》に倒したい。

そのためには、あの魔族が殺そうとしていた人間を助けるのがいいだろう。そうすればきっと、あいつは悔《くや》しがってくれると思うから。だからあそこで戦っている兵士たちを助けよう。

……いや、違うな。そうじゃない。

確かに俺は兵士たちが死んでもいいと思ったし、今はこの状況を作り出した敵への仕返しとして彼らを助けようと考えた。

けど違うんだ。

なんだかんだと自分に言い訳するように思考を巡らせてみたが、結局のところ、そうじゃない。

俺が兵士たちを助けたいと思ったのは、敵がむかつくからだとか、そのための仕返しがしたいからだとかそんな理由じゃないんだ。

俺が彼らを助けると結論を出した理由。それは、彼らがかっこいいと思ったからだ。

絶望的な戦い。負ければ死ぬ。味方が負けなくても、次の瞬間には自分自身は死んでいるかもしれない。

だというのに、誰一人として逃げ出すことなく勇敢《ゆうかん》に立ち向かい、絶望に抗《あらが》っている。

俺の目には、そんな彼らの姿が眩《まぶ》しく映った。

確かに彼らは弱い。勇者としては出来損ないである俺なんかよりも弱い。

だというのに、誰一人として逃げようとはしていない。

ただ目の前の死から逃げ出すことしか考えず、仲間を殺して逃げてきた俺とは違う。

俺みたいな、ただ連れてこられただけの紛い物の『勇者』とは違う。

手足がなくなり、隣の仲間が死んでいき、光すら見えないような絶望の中諦めることなく足掻《あが》き続ける。

そんな本物の『勇者』たち。

どれほどこの国の人間を嫌っていても、この国の人間が死んでもいいと思っていたとしても、それでも俺は、今目の前で戦っている彼らには死んでほしくないと思ってしまった。

だから俺は物陰に隠していた体を起こし、『勇者』たちの元へと歩いていく。

「――せっかく勇者として呼ばれたんだ。一度くらいはそれらしい働きをしてやろうじゃないか」

やりたいようにやってやるって思ったばかりだしな。

「も～うおしまいなのですか～？　この国の守りというのも大したことがないですねぇ～。いやいや、あなた方が門を開けてくれたおかげで助かりましたよ～。流石にあの壁は壊せませんでしたからねぇ～」

魔族は兵士たちの上空をゆらゆらと飛びながら、幾度となく繰り返されたのであろう挑発を繰り返す。

上空といってもそこまで離れているわけではないので、セリオスであれば一撃を入れることは可能だろう。

だがそれも、彼が全力を出せる状態であれば、の話だ。

セリオスは度重《たびかさ》なる戦闘で疲弊《ひへい》している。

頭上の魔族に斬《き》りかかることぐらいはできるかもしれないが、疲弊《ひへい》した体では攻撃を当てられるとも限らず、動けずにいるのだろう。

そんなセリオスの背中を見つめながら、俺は魔族に向かって叫ぶ。

「戦いをやめよ､魔族！　我こそは『勇者』アンドーなり！　我といざ尋常《じんじょう》に勝負せよ！」

王城から回ってくる情報と俺が結び付けられないように、若干《じゃっかん》の羞恥心《しゅうちしん》を感じながらも芝居がかった口調《くちょう》を意識する。

するとその突然の声に、敵も味方も関係なく俺の方を振り返った。

よし。これで魔族の意識を一旦俺の方に向けるのは成功したな。

……でも、こういう口上は、恥《は》ずかしいからできることならもう二度とやりたくない。

「おや～？　一般人の方ですか～？　ま～だ逃げてなかったのですねぇ～」

俺に注意を向けた魔族が兵士たちへの攻撃を止め、見下《みくだ》すように話しかけてくる。

せっかく勇者って名乗ったのに信じてもらえなかったらしい。一般人って言われてしまった。

そんな俺に、セリオスが目を見開き声をかけてきた。

「アンドー殿！」

「遅れて申し訳ありません、セリオス殿」

「いや、それは構わないが……そ、それよりも！　ここは我々が食い止める！　だから貴殿は現状を陛下に伝えてくれ！」

「いえ、ここは私にお任せください。あなた方は避難《ひなん》を」

俺はセリオスとの会話を打ち切ると、意識を魔族に戻し対峙《たいじ》する。

「お話は終わりましたか～？」

「ああ……お前に一つ聞きたいことがある。なんでお前はここを襲撃《しゅうげき》したんだ？」

偶然だとは思いたいが、俺がここに来るのと同時に襲撃が起こるなんて、何か理由があるように思えてならない。

『勇者』の俺を狙った攻撃という可能性もあるからな。

まあその可能性は低いとは思うけど、聞くだけ聞いてみよう。

「ああ。それでしたら、この国の王都で何やら私の仲間が遊んでいるみたいでしてね～、それに私も参加しようと思った次第なのですよ～」

仲間？　魔族の仲間って言ったら同じ魔族だよな。

遊んでいるっていうのは何かの比喩《ひゆ》、というか魔族独自《どくじ》の表現だろう。

多分人殺しとか邪悪《じゃあく》な儀式《ぎしき》とかだと思うけど、俺が王都にいた時にそんな話は聞いたことがなかったぞ？

それに街には魔族だけでなく魔物も入れないように結界が張ってあるし、城には更に強力な魔術がかかってる。侵入は不可能だと思うが……

わざわざ『壁』を越えてまで遊びに来るほどの騒ぎなんて起きていない。

この魔族の勘違いで、王都じゃない街で何かあったとしても、そんな騒ぎがあったら耳に入ってくる筈だ。

他には、王族や国賓《こくひん》に何かあったとか――あっ。

……そういえば俺が城を出る時に国賓が一人、いや二人死んでたな。具体的には勇者が二人。もっと言うと、俺と、俺が殺した永岡君が。

もしかして、俺が逃げる際に魔族のせいにするために行った細工に、魔族が引っ掛かったってことか？

「誰なのかは知りませんが、どうも勇者を相手に何かをしているみたいでしてね。せっかくですからこの地でも少し遊んでいこうかと――」

「あーはいはい。もういいよ。分かったから。うるさいから黙っててくれないか」

やっぱそうだったか。

じゃあこの現状は、巡り巡って俺のせいってこと……か？

因果応報《いんがおうほう》。自業自得《じごうじとく》。そんな言葉が俺の頭の中を駆け巡る。

さっきはイリンの怪我を襲撃犯のせいにしたけど、元をたどれば俺のせいだったってわけだ。

だからといってやることは変わらないけど、それでも思わずため息をついてしまう。

——ピクッ
堪《こら》え性《しょう》がないのか、あるいは煽《あお》り耐性が低いのか。

言葉を遮られた上にため息まで吐かれた魔族は、先ほどよりも大きく体を震《ふる》わせて膨張《ぼうちょう》していく。それはまるで、奴自身が爆弾となり破裂《はれつ》する前兆《ぜんちょう》に見えた。

だがすぐに、荒《あ》れ狂う心を抑え付けるように目を閉じ、ふう、と息を吐き出すと、体を萎《しぼ》ませていった。

そして完全に元の姿に戻ると、やれやれと首を振って口を開く。

「そんな余裕ぶっていられるのも今の——ぐあぁ⁉」

半分八つ当たりみたいなものだが、目を閉じていたので持っていた剣を投げてみた。魔力で身体能力を上昇させて、全力で。

「なに戦場で格好つけてんだ？　そんな余裕があると思ってるのか？」

因《ちな》みに俺は、敵の変身シーンとか律儀《りちぎ》に待たずに全力で攻撃する派だ。風情《ふぜい》だとかマナーだとか知ったこっちゃない。

「き、貴様！」

「どうした？　さっきまでの口調と違うじゃないか。格好つけるなら最後まで格好つけろよ」

「――っ、殺してやる！」

魔族は俺の言葉に再び怒りの表情を浮かべ、体を震わせながら両手を前に突き出す。するとそこからこちらに向かって、いくつもの炎の球が飛んできた。

――だが、怒りを抱いているのは俺も同じだ。

俺は目の前に収納魔術で黒い渦《うず》を作り、全ての炎の球を収納する。

スキルの収納は触《ふ》れたものしか収納できないが、魔術の方はこうして触れなくても収納できるのだ。こうすればたとえ炎であっても触《さわ》らずに済む。

黒い渦を消せば、そこにはもう炎の球など影も形も残っていなかった。

「な、なぜ……！」

困惑する魔族の様子を見て幾分か怒りがおさまった俺は少し冷静になり、魔族を倒すための方法を改めて考える。

このまま戦うのは流石に不利だから、地上に降ろしたいんだけど……どうするかな。

隙《すき》を狙って攻撃して地上に落とすか？　……いや、流石になんの準備もしていないから難しいだろう。できなくもないがちょっと考えたい。

……となると、やっぱりあいつ自身が自分から降りるように仕向けるしかないな。

そう素直に降りてくるとは思えないけど、まあやってみないことにはなんとも言えないし、やるだけやってみるか。

「ほらほらどうした。俺を殺すんじゃなかったのか？　んん？」

「な、舐めるなよ。下等種風情が！　死ね！　『灼炎弾《しゃくえんだん》』‼」

どうやら魔族というのは思った以上に堪え性がないらしい。

軽く挑発するだけで、先ほどよりも大きく赤々とした炎を飛ばしてきた。

まあだとしても、やることは変わらない。

目の前に発生させた黒い渦に、全て収納する。

「おい、攻撃はまだなのか？　退屈なんだが。どうした？　攻撃しないのか？　……はぁ、所詮《しょせん》魔族なんてのは口だけってことか」

「き、きき貴様！　なぜ……！　ふざけるな！　人間ごときが！」

人間にバカにされる怒りと、そんな人間に攻撃を当てられない焦りによって相当混乱しているようだ。魔族は再び体を震わせ、先ほどと同じように膨張し始めた。

そうして幾度か、同じように攻撃を放ってきたのだが、その全てが収納魔術の餌食《えじき》になった。

「クソッ！　なぜっ！　なぜこんな……！　――ふう………いやはや、認めよう。君の防御は素晴らしい！　まさかこんな場所に、わたしの攻撃を防ぐことのできる者がいようとはねえ～。だが、それは防御だけだろう～？　今までの言動も、挑発してわたしを地上に降ろして接近戦に持ち込むためのものであるのは分かってる。分かりきっているよ～」

どうにか落ち着きを取り戻した魔族が、そう言いながらニヤニヤとこちらを見下《みお》ろす。

「……」

「確かに～、君の防御はすごいがそれがいつまでも続くわけじゃあ～ないよね～。わたしの魔術を防ぐほどの力、そう何度も使える筈がないからねぇ～。わたしの攻撃と君の防御。どっちが先に使えなくなるのかなぁ～？」

魔族の言う通りだ。

いくら防御がうまくても魔力量には限界があるし、攻撃が届かないいんじゃどうしようもない。

――普通は。

「今のうちに降参《こうさん》したらどうだい～？　今ならまだ――」

俺はゆっくりと左腕を持ち上げ、魔族に向かって突き出す。

「褒《ほ》めてくれてありがとう――でも、俺がいつ防御しかできないなんて言った？」

そもそも、魔族は俺の防御がいつまでも続くわけじゃないと言っていたが、それは間違いだ。

これでも俺は勇者である。他の魔術はともかくとしても、『収納』や『収納魔術』であればあの程度じゃ全く魔力が減らない。収納による防御であればいくらでも続けられる。

そして、攻撃手段だってちゃんと考えてある。

できれば不特定多数に見せたくなかったから、魔族には近寄ってきてもらいたかったんだが……

俺は内心ため息をつきつつ、突き出した手のひらから、さっき収納した炎の玉――魔族の魔術を出す。もちろん魔族の方に向かって飛ぶように。

「なんだと⁉」

攻撃はこないと思い込んでいた魔族は驚きつつも咄嗟に避《よ》けたが、無防備にも背後へと飛んでいく炎の玉を目で追っていた。

なので、奴が俺から目をそらしている隙に、再び同じように炎の玉を放つ。

「グガアアアア‼」

今度はしっかりと着弾し、魔族は雄《お》たけびを上げた。

「貴様！　何を！　何をした！　それはわたしのっ――――！」

さすがは魔術を得意とする種族。自分が使った魔術は当たり前のように分かるらしい。

だが、俺が何をしたのかまでは分かっていないようだ。

これで俺のやったことがあっさりとバレていたら、今後の使用について考えなきゃいけないところだったけど、この調子なら問題なさそうだからよかった。

「答えろ！　一体何をした！」

「……」

自分の魔術を自分に向けられたことに怒りを露《あら》わにする魔族。戦いが始まる前までの余裕など、完全に消え去っていた。

しかし俺が答えると本気で思っているのだろうか？　戦闘中にそんなことするわけないのに……戦闘中じゃなくても言うつもりはないけど。

「……答えないのなら死ね！」

俺が答えないことに業《ごう》を煮やし、魔族は更なる魔術を放ってくるが、その全ては収納されて終わる。

俺はわざとらしくため息をついて口を開いた。

「自分の技をバラすような馬鹿がいるわけないだろ。そんな分かりきったことを聞くとか……はあ。本当に馬鹿だなぁ、お前」

「ガアアアァァァァアア！」

怒りに顔を歪ませて叫んだ魔族は、全身を震わせたかと思うと、膨らんでいた全身の肉を蠢《うごめ》くように右腕へと集めていく。

右腕だけが大きいのでひどくアンバランスだが、何がしたいんだ？

そんな疑問を抱いたが、すぐに解消された。

なんと、肉が集まっていた魔族の右腕の肘《ひじ》から下が、巨大な刃に姿を変えたのだ。

剣先が足先くらいまで届くような剣を構えて、魔族がこちらを見下ろす。

「死ぃねぇぇぇぇぇぇぇ‼」

そして遂《つい》に、こちらへと勢いよく飛んできた。

俺に対空攻撃手段がある以上このまま空を飛んでいるだけじゃ意味がないと思ったのか、それとも単に俺の挑発に堪えきれなくなったのか……どっちだろうな。

「っぐ‼」

初めてのまともな戦闘なのと、魔族の力がどれほどのものか分からなかったので、この後の戦いの参考にしようと十分に警戒した上で全力と思《おぼ》しきこの攻撃を受けてみた。

威力《いりょく》の分からない攻撃を受けるのもどうかと思ったが、俺は勇者で、他の勇者の子たちの攻撃にも耐えたことがあるから、本気で守れば大丈夫だろうと思っていた。

だが、そう思って受けた魔族の攻撃は、俺の予想以上の威力だった。

魔術や国宝の魔術具で強化しているにもかかわらず、その場に留まることができずに押されてしまうほどの力。他の勇者たちと戦った時ですら、これほどの力を受けたことはなかった。

「ガアアアア‼」

魔族が声を上げ更に力を込めると、俺は耐えきれずに盛大に吹き飛ばされてしまった。

「アンドー殿っ‼」

セリオスの俺を呼ぶ声が聞こえたが、そんなことを気にしている余裕はない。

吹き飛ばされた俺は、瓦礫の上に横たわっている。

全身が酷《ひど》く痛む。どこかしらの骨が折れているかもしれない。

正直言って、魔族のことを少し舐めていた。見た目からして強くなさそうだったし。

このまま追撃《ついげき》されれば、俺は死ぬだろう。いや、だろう、じゃなくて確実に死ぬ。

「人間ごときが上位種族であるわたしのことを侮辱《ぶじょく》した罪。贖《あがな》ってもらうぞ」

まだ最初の時と口調が違うが、魔族は幾分か余裕を取り戻したようだ。刃となった右手でガリガリと地面を削《けず》りながら、ゆっくりと俺の方に歩いてくる。

体を赤く染め横たわる俺を見逃すつもりはないようだ。ここで確実に俺の命をとるつもりなのだろう。

だが、相手の命を狙っているのは俺も同じだ。

「今度こそ終わりだ——死ねえ‼」

「収納魔術、発動」

魔族が俺の前で剣を振り下ろそうとしたところで、俺と奴の間に黒い渦を発生させる。

これまでそうだったように、慣れた魔術であれば無言で発動できるのだが、発動率や効果が落ちてしまう。今は万が一にも失敗するわけにはいかないので、聞こえるかどうかというほどに小さな声で呟いた。

「なにッ⁉」

ピクリとも動かなかった俺がいきなり魔術を使ったことに、魔族が驚きの声を上げるが、その動きは止まらない。

俺に向かって振り下ろされた右腕は、突然現れた黒い渦に阻まれて俺へは届かない。

俺は収納魔術を解除《かいじょ》し黒い渦を消すと同時に、魔族に向かって収納から取り出した槍《やり》を突き出す。

収納から胃の中に直接取り出した回復薬のおかげで、これくらいの動作なら問題ない程度に回復していた。

「……ん？」

だが槍を突き刺す際、俺の目には予想していた光景と違ったものが映った。

収納魔術はスキルと同様に、生物を入れることはできない。

出し入れする際に術者の腕の肘程度までなら渦の中に入れることはできるが、それ以上は入らないし、術者以外は髪の毛一本すらも入れることができない。もし無理に入れようとしたら、その力の倍ほどの力で弾《はじ》かれてしまう。

その特性を利用して、あくまでも腕が変形したものである奴の刃を弾き、渦を『盾』として使おうと思ったのだ。

なので今俺の前では、魔族が収納魔術に弾かれ体勢を崩している筈だった。

だが、巨大な刃となっていた魔族の右腕は、肩のあたりから綺麗になくなっていて、俺が突き出した槍が腹部に刺さっている。

なぜそんなことになっているのかは分からなかったが、俺は気にせずに、そのまま収納から新《あら》たに取り出した槍を魔族に十本以上突き刺していった。

「ギィアアァァァア‼」

魔族といえど、二桁《けた》の槍を刺されると辛いらしい。今までいちばんの絶叫《ぜっきょう》を上げている。

だが、流石は魔族といったところか。すぐに後退し刺さった槍を抜くと、失った腕も含めて全てが元の膨れた体に戻っていった。

「ぐうううぅぅ！　殺す！　殺スゥゥ‼」

「そんなことわざわざ言ってる暇《ひま》があるならさっさと攻撃しろよ。どうせ意味ないけどな」

これほど怒っていると意味があるかは分からないけど、とりあえず煽っておく。

日本にいた時はこんなことしなかったけど、苛立《いらだ》っているからだろうか？

どうやら俺はイリンが傷つけられたことについて、自分で思っている以上に怒っていたらしい。

それほどまでにイリンを気にしていたのかと、今更《いまさら》ながらに気がついた。

内心で驚きつつも、それを隠して魔族と対峙する。

魔族は元に戻った右腕と、今度は左腕も剣の形に変化させ何度も切りかかってくるが、さっきと同じように収納魔術で振るわれた腕を収納していく。

「ガアアアア‼ なんだ！ なんなのだ貴様は⁉ 一体何をしている⁉」

徐々に再生の速度が遅くなってきた魔族が遂に叫んだ。

俺に聞いているというよりは、そう叫ばずにはいられなかった感じだ。

答える必要なんてないことだが、俺は背後にいるセリオスや兵士たちをチラリと見てから、あえて答えることにした。

「そんなに気になるか？ そこまで言うなら教えてやろう」

魔族は唸《うな》り声を上げるが、襲いかかってくる気配はない。どうやら俺の話を聞くつもりのようだ。

「俺は勇者――いや、勇者の末裔だ」

「……勇者の、末裔？」

呆然と呟く魔族を見ながら、俺は言葉を続ける。

「そうだ。何をやったのかっていうのは『スキル』を使っただけだ。俺のスキルは『暗黒物質《ダークマター》』。生み出した闇に触れたものを、消滅《しょうめつ》させるスキルだ」

まあ当然ながら教えたスキルは嘘っぱちなんだけど。

「まあデメリットもあるんだけど、なかなか強力な能力だろう？」

「……なん、だ。そのでたらめなスキルは……」

魔族は信じたようで、愕然《がくぜん》としている。

嘘のスキルを教えた理由は、ここで馬鹿正直に答えたら、目の前の魔族に対策を打たれる恐れがあるし、何よりセリオスたちに俺の正体がバレるかもしれないからだ。

収納魔法や収納スキルを使う謎《なぞ》の人物に助けられた、だなんて王家に報告されたら、俺がこの砦にいたことがバレてしまうからな。

それに人間というのは、自分で目にした情報が正しいと思い込みがちだ。

こうして実際にスキルを発動して、魔族に対してネタばらししているのを見れば、まさか嘘だとは思うまい。

スキルの内容は口から出まかせの真っ赤《まっか》な嘘ではあるが、実際に何度も腕がなくなっている魔族と俺の戦いを見ていたセリオスたちは、今の言葉を信じた様子である。

これでセリオスが王家に報告すれば、『レプリカ』が嘘だとバレても、『スズキアキト』

ではなく『謎の勇者の末裔』が王家直属を騙《かた》ったのだと思われる筈だ。

さて、そろそろ終わりにしよう。

既に飛んで逃げるどころか、まともに立ち上がることすらできなくなっている魔族へ、ゆっくりと近づいていく。

なんか喚《わめ》いてるけど、知ったことじゃないので耳にも入れない。

「これでもお前には少しだけ感謝してるんだ。俺がこうして立ち上がれたのは、お前が暴れたおかげだからな」

取り出した剣を構え、突き刺す。

頭を貫かれてもなお、魔族は死ななかった。

「だからここでちゃんと殺してやる」

刺さっている剣を引き抜くと再生が始まったので、再び突き刺す。そして引き抜き、突き刺す。

「捕まって実験台にされるよりはマシだろ？」

魔族がこの国の奴らに捕まれば、再生能力や肉体変化といった特殊な力について調べられるだろう。

そんなことになるくらいなら、俺がここで完全に殺してしまった方がこいつのためだ。

どのみち生き残ることはできないんだから。

同じことを何度も繰り返していると遂には再生が起こらなくなり、魔族はどろりと溶けるように赤黒い液体へと変わってしまった。

俺は一度瞑目《めいもく》した後、武器をしまい空を仰《あお》ぎ見る。

「……イリンのところに、戻るか」

今ならば少しはまともにあの子にも向き合えるかもしれない。

俺は正面を向くと、今までよりもしっかりとした足取りでイリンのいる場所へと歩き出した。

＊＊＊

目の前で何が起きたのか分からなかった。

俺、セリオスはここ、ハウエル王国南方国境砦の総責任者として、何年もの間王国を守ってきた。

この地は他国と接している。それも、亜人などという人間の出来損ないどもを受け入れ、共存などをするような国とだ。そのため、常に警戒し侵略に備《そな》えている。

国境の壁もこの砦も堅牢《けんろう》で、加えて俺はこの地を守るために毎日早朝より訓練をしている。俺がこの地に来てから一日たりと欠かしたことはない。

部下たちの練度も士気も高く、破れることなど考えていないだろう。

この砦を我々が守る限り、破られたことはないし、今後も破られはしないと、そう思っていた。

だがそれは、単なる俺の妄想《もうそう》でしかなかったようだ。

今日もいつもと同じような一日が過ぎるのかと思ったが、違ったのだ。

なんでも国王陛下からの使者がこの地にやってきたらしい。通常そんな人物が来るのであれば、先触れや魔術具での伝令が行なわれる筈なのだが……

まあ不測の事態や特殊な任務の際は伝令がないこともあるので、異常とまでは言えないか。

俺を呼びに来た兵に更に詳しく話を聞くと、どうやらその使者を名乗る者は、連絡が届いていないかもしれないと言っていたとか。

この地に届いた伝令は全て責任者である俺に報告される。だが連絡など俺は受けていない。

これは本当に異常事態が起こったのか？　とにかくその使者に実際に会ってみなければならないだろう。

そうして実際に会ってみたのだが、なんの変哲《へんてつ》もない男性に見えた。

着ているものはそれなりに高価そうだが、装飾品の類《たぐい》はほとんどつけていない。特徴《とくちょう》といえば、この国では珍《めずら》しい黒い目くらいか。

これが本当に使者なのかと思ったが、まあそれはいいだろう。

「勇者が殺されました」

話を聞いてみると、そんなことを伝えられた。

俺は国境を任されている通り、この国でもそれなりに上位の立場に位置している。

そんな俺には、勇者召喚の重要性と勇者たちの使い方が伝えられている。

今は勇者たちを鍛《きた》えている最中だが、それが終わればいよいよ亜人どもの巣穴に攻め入ることになっていると、そう聞かされていたのだが……このタイミングで勇者が殺されるだと⁉

しかもそれが魔族の手によるもので、我が国の中に共犯者がいるとは俄《にわ》かには信じられなかった。

だが、嘘感知の魔術具が反応していない以上、この者の言うことは本当なのだろう。

これは一刻も早く対策を講じなければ。具体的には、俺の管轄《かんかつ》下《か》に裏切り者がいないかの確認だ。

「――一刻も早く通行許可が欲しいのです」

別に許可ぐらい構わない。というより、陛下からの命を受けているのだから止めることはできない。

……獣人の娘などに許可を出すのは甚《はなは》だ遺憾《いかん》ではあるが、一匹でも多くの化け物がこの国から出て行くと思えば、まあいいことだろう。

そうしてしばらく話を続け、使者殿が退出しようとした時――

ドオオオォォォン！

どこからか爆発音が聞こえた。

音自体は国境となっている『壁』の向こう側から届いているようだった。俺はすぐにその場に向かった。

「くそっ！　何事だ！　――おい、状況は⁉」

「分かりません！　ですが壁の向こう側から煙が上っていますので、そちらで何かあったのではないかと」

くそ、どういうことだ⁉

俺は側近《そっきん》と共に門へ行き、詰めていた兵から話を聞こうとしたのだが、その途中で再び起こった轟音に邪魔《じゃま》されてしまった。

「クソ！　すぐに隊を――」

いや、それでは他国への侵略になってしまう。

亜人と共存を唱《とな》えるような人間種の裏切り者どもと馴れ合うつもりはないが、国王陛下の命令がないのにそんなことをするわけにはいかない。

「いや、斥候《せっこう》を放て！　なんでもいい。少しでも情報を持ってこい！」

普段は魔術具によって張られている結界の一部を開ける。

この結界は、片側が破られた時に備えて二重構造になっている。再度張るのに時間がかかるため、二枚とも解除することはないのだが、今は少しでも早く情報を集めたい。

そのためまとめて解除し、斥候を放った。だが──

「クフフ。ようやく結界が解《と》けましたか」

扉を開けた途端、その向こうから魔族が現れた。

「っ！　総員構え！　目標は目の前の魔族！　隊列『檻《おり》』！　伝令は全ての兵を集めろ！」

そいつを見た瞬間に悩むことなどなくすぐに対応する。

伊達《だて》にこの地の責任者を何年も続けていないのだ。

魔族と戦うのは初めてだが、この程度の緊急事態は過去に何度か出くわしている。精鋭《せいえい》である俺たちであれば、問題にはならないだろう。

そうして始まった戦いだったが、予想とは違い、俺たちは窮地《きゅうち》に追い込まれていた。

「クフフフッ。どうしましたか～」

……それがなぜかなど、分かっている。

奴が空を飛んでいるからだ。

はじめのうちは魔族は地上で、歪《いびつ》に膨れた体の一部を武器に変えて我々と戦っていた。

だが、なかなか決着がつかないでいると、奴は焦《じ》れたのか空を飛び空中から魔術を放ち始めた。

業腹《ごうはら》ではあるが、そこからは一方的であった。

対空攻撃手段の少ない我々は時折魔族の見せる小さな隙をつくしかないのだが、奴を倒しきる前に兵たちが壊滅《かいめつ》するだろう。

このままではいけない。どうにかしなくては。

そう思っていると使者殿がやってきた。

「戦いをやめよ、魔族！　我こそは『勇者』アンドーなり！　我といざ尋常に勝負せよ！」

何をしているのだあの者は!?

お前なんかが来たところでどうにもならない！　ここは我々が時間を稼《かせ》いでいるうちに陛下へと伝令に戻るべきであろう!?

いくつもの思いが頭に浮かぶ中、使者殿は戦い始めた。

クソッ、少しでもあの者が時間を稼いでいるうちに立て直さないと。

そう思ったが、その考えは無駄なものになった。

使者殿――アンドー殿は空から降り注ぐ魔術を防いでいく。

魔族は絶叫し、俺たちと戦っていた時と同じように姿を変えるとアンドー殿に斬りかかったが、それすらも彼の前では意味を成さなかった。

一見追い詰められたようにも見えたが、それは罠であり、彼の目の前に出現した黒い何かに魔族が変化した腕を振り下ろすと、その腕がなくなっていた。

我々があれほど苦戦した魔族だが、その後は一方的だった。

どうやらあれは彼のスキルらしい。

時折先祖返りとして勇者の能力を授《さず》かる者がいるのは知っていたが、それがあれほどに強力だとは思いもしなかった。『暗黒物質《ダークマター》』か。恐ろしい能力だな。

そして最後はあっけないほど簡単に終わった。


戦いが終わり、おおよその後始末の段取りも終わったところで、俺はアンドー殿に礼を伝えようと捜したのだが、どこにも見つからなかった。

近くにいた兵士に尋ねてみる。

「おい。アンドー殿はどこにおられるか知っているか？」

「はっ。アンドー様でしたら急ぎの任務があるからと既に発《た》たれました！」

「なんだと？」

元々は別の任務についていることを思えば不思議ではないのかもしれないが、それでも急すぎる。

助けられた礼すら言えぬとは……

いや、彼の任務が終わればいずれ会うこともあるだろう。その時に改めて礼をするとしよう。

――アンドー殿。貴殿に感謝を。この恩は、いずれどこかでお返しいたそう。

だがその前に、この地を元に戻さねば彼に笑われてしまうな。

そう思い直すと、私は今回の後始末をするべく動き出した。

第3章　ギルド連合国と冒険者

国境の砦を越えた先にある、木々と植物が生《お》い茂《しげ》り、月の光も届かないような森。

その地下に収納スキルを使って部屋を作った俺は、イリンと共に休息をとっている。

国境を抜け、髪も黒く染めなおした俺は、隣に眠るイリンのことを眺めながら思案《しあん》に耽《ふけ》る。

これからどうすればいいのか。

これからどうしたいのか。

イリンに言われて俺はもっと気楽に生きていこうと思ったけど、人の在り方なんてそうそう変わるものじゃない。

俺はどこまでいっても俺のままだ。今まで通り誰も彼もを警戒し、自分勝手に行動するだろう。

……いや、誰も彼もってわけじゃないか。自分勝手は治らないかもしれないけど、少なくともイリンのことは警戒せずに信じて受け入れている。

それに、もう王国から脱出できたのだから、追っ手の心配はこれまでほどしなくてもいいんじゃないかとも思う。

いずれにせよ、考えなければいけないことは多い。

これからイリンを故郷の親元に連れていった時、イリンがどう扱われるかも分からない。

もちろん、俺の扱いも。

もしかしたら親元に戻れても、一度里を出たお前はもう仲間ではない、と言われる可能性も、ないわけではないのだ。

俺だってイリンを送るためとはいえ、許可なく里の領土に入ってきたとして追われる可能性もある……まあそうなったらなったで、すぐに逃げるつもりではいるけど。

とにかく、どう行動するかは考えておいた方がいいだろう。

結局はその時になってみないと分からないのだから、考えるだけ無駄だとも言えるんだけど。

それよりもっと考えなきゃいけないことは、イリン自身に関することだ。

眠っているイリンは、以前と同じに見えるが……俺はこの子に謝らなくちゃいけない。

そして、向き合わなくちゃいけない。

「――ぅ、う～ん……」

そんなことを考えていると、今まで眠っていたイリンがバッと起き上がった。

そして周囲を見回して俺の顔を確認し、しばらくボーッとしていたが、急に土下座《どげざ》をした。

「申し訳ありませんでした！」

突然のことで俺はなんの反応もできずに、ポカンと口を開けたまま固まってしまう。

……今までも何度か思ったけど、やっぱりイリンは土下座の回数が多いよな。普通はそう何度もするようなものじゃないと思う。

それはともかく、俺は気を取り直してイリンに問う。

「……その謝罪の理由は？」

「意識がハッキリしていない中とはいえ、ご主人様に生意気《なまいき》なことを言ってしまったことです」

「……ああ、あの時のことか。そんなこと気にする必要はないよ。むしろ俺の方は感謝したいくらいだ。イリンのおかげで俺はこうしてここにいるんだから」

イリンのあの言葉がなかったら、俺は今でもウジウジと悩んでいたと思う。

……いや、思うじゃなくて確実にそうだ。

あの言葉があったからこそ俺は自身の迷いに区切りをつけることができた。

あの言葉があったからこそ俺は今ここにいられる。

だけど、まだ他にもケジメをつけなきゃいけないことがある。

「それよりも、俺の方こそお前に謝らなければいけない。俺は今まで、追っ手に追い付かれないようにだなんて言って、お前とまともに向き合うことを避《さ》けてきた。そのせいでお前に辛く当たることもあった。すまなかった」

イリンは追っ手なんかではなく、俺に好意を持っているから一緒にいることは気づいていた。しかしそんな好意も信じてはいけないんだと勝手に思い込み、辛く当たってきた。

無駄なことではあったたし、疑いも度が過ぎていたとは思うが、それは今だから言えることだ。

警戒が必要だったことは確かだろうけど、それを理由に蔑《ないがし》ろにするのは間違っていた。

だから俺はこの子に謝らなくてはならない。

「あ、頭をお上げください！　私なんかに謝る必要などありません！」

……そうだろうな。お前ならそう言うと思ってた。

だからこそ俺はなんの迷いもなく謝ることができた。最初から許してくれると分かってたから。

けど、許してくれると分かっていたから謝ったなんて、自分でもかっこ悪すぎると思う。

一方でイリンは、自分が悪いと思ったらすぐに謝ることができるし、自分がやりたいことのために全力で頑張《がんば》れるすごい子だ。

正直に言ってしまえば、信念をもって頑張っているこの子に憧《あこが》れる。輝いて見える。

そんな子に好意を寄せられて、かっこいいとまで言ってもらえた俺が、こんなかっこ悪い奴でいいのか？

俺だって、何も本当に勇者になりたいわけじゃないし、ヒーローなんてのは柄じゃない。だとしても、せめてこの子の前では、俺のことをかっこいいと言って、前を向くきっかけをくれたこの子の前では、胸を張っていたい。

だから――

「そうか。なら改めて、これからもよろしく頼むよ。イリン」

俺はかっこ悪い自分とは決別して、これからはこのちょっと変わった子と共に行こうと決めた。少なくとも、この子を故郷に届けるまでは一緒に。

イリンの故郷はそう遠くはない筈だから一緒にいる時間は短いだろうけど、今よりは多少なりともイリンの言うようにかっこよくなれる気がするから。

「はい！　よろしくお願いします！」

笑顔が眩しく見えるのは変わらないけど、俺は今までのように顔を背《そむ》けることはなかった。

俺は一つ頷くと、改めてイリンの顔を見つめる。

「それと、もう一つイリンに謝らなくちゃいけないことがある」

さっきの謝罪は俺の自己満足でしかないが、これから伝えるのは、イリンの今後の人生に関わってくるような問題だ。むしろこっちの方が本題だ。

「これ以上謝ってもらうなど――」

「まあ聞け。お前はまだ気がついていないみたいだが……お前の尻尾は短くなってしまった」

イリンの尻尾は本来であれば膝下《ひざした》辺りまで長さがあったが、現在は元の長さの半分ほどしかない。

言われて初めて気づいたのか、イリンは自分の尻尾に顔を向け、黙ってしまった。

そんな彼女に、俺は何があったのかを説明する。

「お前は崩れていく建物から俺を助けた際に怪我をした。他の傷は薬を飲ませて治ったんだが、尻尾だけは元には戻っていなかったんだ。俺がそれに気づいたのは、敵を倒して戻ってからで……傷が完全に塞がっていて、どうすることもできなかった」

国境の街で出会った冒険者のエルミナに聞いた話では、亜人の尻尾の怪我というのは、かなり重要な意味を持つそうだ。それも、悪い意味で。

というのは、尻尾が傷ついた獣人は、敵から逃げた臆病者《おくびょうもの》として誹《そし》りを受けることになる。

獣人は強さを重視する種族なので、生活のさまざまなところで苦労することになるだろう。

エルミナも実際に見たことがあったらしいのだけど、とても生きづらそうだったという。

人間と違って獣人は陰湿《いんしつ》なことは少ないが、それでもやはりいじめや迫害《はくがい》はあるらしい。たとえそれが誰かを助けるためであったとしても、見ただけではなぜ尻尾がないのか理由など分からず、差別の対象になるのだと聞いた。

「獣人にとって尻尾が大事なのは理解している。だから、俺はその責任を取りたい」

俺のことを庇って負った傷なのに、俺の命的にも精神的にも恩人である彼女がそんな目に遭うのは認められない。だから俺はどれほど大変であったとしてもイリンの尻尾を治してみせる。

一応、考えはある。

薬では治らなかったが、尻尾だって体の一部なんだから結局は手や足がなくなったのと同じだ。ならば部位欠損《けっそん》を治す回復魔術を使える人を見つけ出せばいい。

その際にいくら要求されたとしても、城から持ってきた金なら大量にある。万が一足りなくても、冒険者として魔物退治の依頼なんかで稼げば、どうにかできる自信はある。

これから向かうのは獣人の治める国で、獣人は種族として魔術が得意ではない。だから術士はなかなか見つからないかもしれないけど、そうなったら今度は別の国で探せばいい。

最悪は、王国に残った勇者の一人である桜ちゃんに頼めば、なんとかなると思う。

頭がちょっとお花畑気味だったけど、あの子の能力であれば部位欠損くらいどうにかなるだろう。

さすがに今戻るのは無理だけど、時間をかけて他の国で探して、ほとぼりが冷めた頃ならなんとかいけそうな気がする。

「え？　あ、はぁ……」

イリンは返事とも呼べないような、気の抜けた声を漏《も》らす。

きっとまだ、自分の尻尾が短くなった事実を受け止めきれていないんだろう。

しかし数秒後――

「――え⁉　責任ですか⁉　せ、せせ責任ってそんな！」

イリンはやっと状況を理解することができたのか、若干興奮《こうふん》した様子で慌《あわ》て出した。

まあそうだよな。こんな話、獣人にとって混乱しないわけがないよな。

「ほ、本当に⁉　本当に責任を取ってくれるの⁉」

「安心しろ。俺のせいでした怪我なんだ。責任ぐらいとるさ。それより落ち着け。口調がおかしくなってるぞ」

「だけど責任だよ⁉　本当にいいの⁉」

尻尾が大事だってことは理解してたけど、今まで決して譲《ゆず》らなかった従者としての口調を忘れるくらいに嬉しいことなのか。

なら必ず、イリンの尻尾を治してやらなきゃいけないな。それもできる限り早く。

「ああ、もちろんだ」

「う、ウウアオオオオオォォォン！」

と、遠吠《とおぼ》え？　犬は寂《さび》しい時にするらしいけど、イリンの今の顔はとても嬉しそうだ。

ああでも、犬の遠吠えは仲間を求める時やコミュニケーション以外に嬉しい時にも出るんだったか？　それが獣人も同じかは分からないけど、それほどまでに嬉しかったのならよかった……そもそもイリンは犬じゃなくて狼だって聞いた気がするけど。

けど、そうだよな。俺を助けるためにした怪我だけど、治るのは嬉しいよな。人間だって喜びを表す時に叫ぶことがあるんだから同じか。

「ではいかがいたしますか!?　どのような準備が必要でしょうか！」

準備？　なんの？　……ああ、旅に出る準備か。尻尾を治すためにそんなに早く行きたいんだな。

本当はもう少し休んでから出発しようかと思ってたが、イリンがこんなにやる気ならもう出てもいいかもな。旅に出る準備なら俺の収納の中に入っているし。

時間的にも、もうそろそろ夜が明ける頃だ。

「いや、準備は必要ない。それよりイリンはこれからすぐで大丈夫なのか？」

「はい！」

そう言うとイリンは、砦で変装のために着ていたボロい服――しかも怪我をした時の影響で更にボロくなり、最早《もはや》服とは呼べないほどの布切れを脱《ぬ》ぎ捨てた。

「ちょっ⁉」

いくら小学生くらいの年頃のイリンだとしても、女性の裸《はだか》を見るのはまずい。

俺は咄嗟に顔を背ける。

なんでいきなりそんなことをしてんだ⁉　と思ったけど、俺が「これからすぐ」と言ったので、今着ていたボロのままではまずいと思ったのだろう。

だが、替えの服は俺の収納の中にある。イリンは代わりとなる服を持っていなかった筈だ。

服を脱ぐなら着替えを用意してからにしろと言いたかったが、とにかくさっさとイリンの服を収納から出そうとする。

「うおっ！」

だけどその瞬間、背中から衝撃を受け俺はベッドの上に倒れた。

「ああご主人様。やっと。やっと私を寵愛《ちょうあい》いただけるのですね。この時をどれほど待ち望んだことか。あなたに助けられ、あなたの元へと向かう際、不敬《ふけい》にもいずれはと夢見ていたこの時が。遂にやってきたのですね」

イリンがトリップしている。なぜだ！

……混乱する頭で必死になって考えると、今更ながらにやばいことに気がついた。

もしかして、いやもしかしなくてもイリンは、俺の言った『責任』という言葉を勘違いしているのではなかろうか？　性的な意味というか、結婚的な意味で。

イリンは可愛《かわい》いし、男として女の子に言い寄られて嬉しくない筈がないのだが、いかんせんまだ子供だ。

ここは異世界だし日本の決まりなんて関係ないのは分かっているけど、流石に小学生ほどの少女と関係を持つのはどうかと思う。

人を殺して開き直っている癖《くせ》に何を今更、とも思うが、それとこれとは別だ。

「まっ、待てっ、イリン！」

「どうかいたしましたか？　……あっ！　申し訳ありませんでした。やっぱり最初は男性の方から来ていただいた方がよろしかったでしょうか？」

イリンは子供であるのに色々と知っているのか、少し恥ずかしそうに言ったが、違う。

「そうじゃない」

イリンが俺から離れたので俺も体を起こすが、目の前には何も着ていないイリンがいるので目のやり場に困る。

「俺が言った『責任』っていうのはそういう意味じゃないんだ」

「……え？」

俺が苦《にが》い顔をしながらそう言うと、俺の言葉が理解できないようにイリンは呆然としている。

俺としても、あれほど喜んでいたイリンが悲しむだろうから、真実を伝えてしまうのは躊躇《ためら》われる。何よりイリンの異常な執着心《しゅうちゃくしん》を知っているから、後のことが怖いし。

だが、ここまで来てしまったら話さないわけにはいかない。

「あの言葉の意味は、必ずお前の尻尾を元に戻すというものであって、男女の関係に関することではない」

「……そ……そん、な」

やっぱりショックを受けてるな。

けど、やっぱりそういうことをするにはイリンはまだ幼すぎると思う。おそらく、この世界でもイリンは幼い部類だろう。まだ成人していない筈。

「――なぜ、ですか？」

「え？」

「なぜ私を受け入れてくださらないのですか？」

俯いているイリンから発せられる声は、先ほどまでとは違ってどことなく感情の乗っていない淡々《たんたん》としたものだった。

「……なぜって言われても……確かにお前が俺に向けている感情を理解はしているし、それを嬉しくは思う」

「でしたら！　なぜ私を拒《こば》むのですか⁉」

くわっと目を見開き迫《せま》ってくるイリン。

イリンの存在自体を拒んだわけではないのだが、さっきの状況とイリンの感情からすれば、俺に拒まれたと思っても仕方がないか。

「お前のことを拒んだわけじゃない。ただ、なんというか、お前は幼すぎる——イリン。お前が知っているかは分からないけど、俺は異世界から呼び出された『勇者』なんだ」

「存じております」

王宮の機密保持が杜撰《ずさん》なのかイリンが凄《すご》いのか、当然のように知っていた。

いや、顔を見せたことはないとは言っても、勇者の召喚自体は国民に知らせていたのだから、状況から知っていてもおかしくはない、のか？

「そうか。俺のいた世界ではイリンみたいに成人していない相手と関係をもってはいけないという法律があったんだ」

「ですが、それは異世界の法です！」

「そうだ。だがそれでも俺はそんな法律のある国で育った。今更その常識を変えろと言われても、そう簡単には変われない」

「だとしても！　……いえ、では私が成人すれば私を受け入れてくださるのでしょうか？」

「……そう、だな……」

こっちの世界の成人は確か十五歳だったたな。それだと俺の感覚からするとまだ子供な気がするが、過去の日本でもそれくらいで元服《げんぷく》していたみたいだし、命の価値が軽く人手が多く欲しいこの世界では早くから大人として扱われるのだろう。

イリンは見た目からすると、現在は十歳を少し過ぎたところだろうか。成人するまであと数年はある筈だ。

それなら、この子を故郷に送ってから成人するまでの数年、一度も会わなければ俺のことなんて忘れるだろ……忘れるか？　いや、きっと忘れるさ。

「──成人するまでは親元にいてもらうぞ？　それでいいなら、なおかつイリンが成人してもまだ俺の側にいたいと思っていたら、その時は考えよう」

これなら最悪、俺がイリンの故郷に近寄らなければこの子としても諦めるしかないだろう。

──今、なんだか急に地球にあった伝説を思い出したんだけど。僧侶《そうりょ》に嘘をつかれて思いを裏切られた姫が蛇《へび》になって復讐《ふくしゅう》しに行くみたいなやつ……関係ないよな？

「……はい。承知《しょうち》いたしました」

先ほどまでの感情の抜け落ちたような声でも、激情《げきじょう》が露わになった声でもなく、イリンはいつも通りの声で頷いた。

「そうか。ならよかった」

やけに簡単に引き下がった気がするけど、素直に納得してくれて助かった。これ以上食い下がられたら、どうすればいいのか分からなかったからな。

「とりあえず服を着ようか。そのままってわけにもいかないだろ」

「私はこのままでも構わないのですが——」

「はいこれ！　イリンから預かってた服だ。そのままだと風邪《かぜ》をひくから早く着替えような！」

イリンは改めて俺が収納から出したイリン自作のメイド服を受け取ると、それを着始めた。

……背後にいるのは未だ幼いイリンだというのは分かってはいるが、振り返ればすぐ手の届くところで異性の衣擦《きぬず》れの音がするっていうのはなんだか落ち着かない。

「ああ、そうだ。ちなみにイリンって今何歳なんだ？」

気を紛らわせるためにイリンに話しかける。

「今年十二歳になりました」

ならあと三年か……まあ、それだけあれば問題ないだろう。

故郷には知り合いや幼馴染《おさななじみ》なんかもいるだろうし、きっとイリンも良い人を見つける筈だ。イリンに目をつけられた奴は大変だろうけど。

「着替え終わりました」

そんなことを考えていると、背後から声がかかる。

振り向くとそこには、見慣れた格好のイリンの姿があった。

改めて見るとやっぱり似合っている。派手というわけではないが、決して地味というわけでもない絶妙《ぜつみょう》なバランスの上に成り立っている可愛らしさがあった。

とはいえ、いつまでもこの格好でいるのもどうかと思うので、次の街に着いたらまともな服を買ってやろうと思う。

追っ手の心配も薄れたし、俺も心に余裕ができたから、今度の街ではゆっくりと見て回る時間ぐらいはあるだろう。

それでもあまりここから近い場所に留まり続けるのはよくないが、もしかしたらイリンに助けられた恩を返すために何かしてやれるのは、次の街で最初で最後になるかもしれないしな。

……何か、か。

イリンは命を助けられた恩返しに自分の命をかけたのに、命と心を助けてもらった俺は、その恩を金で返そうとしている。そのことに気づいて、俺は自分のことを嗤《わら》った。

「……？　どうかいたしましたか？」

「いや、なんでもないよ。それより、長く留まっていると見つかるかもしれないし、動けるんだったら出発しようか」

「はい！」

そう言って誤魔化し、俺たちはここから移動するべく歩き出した。

……それにしても、さっきは年齢だなんだと理由をつけて断ったが、実際のところ、俺はイリンのことをどう思ってるんだろうな?

どう思っていて、どうしてほしくて、どうしてあげたいんだろうか……

その問いの答えは、いくら考えても出ることはなかった。


「わあ。おっきな街」

「そうだな」

新たに辿り着いた街で、門を通過するための列に並びながら、俺たちは壁を見上げる。

今まで見た中で一番大きい街は俺たちが召喚された王都だけど、ここは二番目に大きい街だ。

街を囲み守る壁は高く、国境砦の壁と同じようになんらかの魔術がかかっているようだ。

なぜこの街がこんなに防御を固めているのか、その理由は単純だ。

ハウエル王国が攻めてきた時に要塞《ようさい》としての機能を求めているからだろう。

王国が侵攻してくる際は、まずはあの国境砦の壁の反対側の街が攻められることになる。

その隙にこの街の防御を整え、他の場所から戦力を集めて防衛線を築《きず》く……というのがこの国の基本戦略のようだ。

また、この場所は戦争がない時は王国と獣人国とこの国――ギルド連合国の交易拠点《きょてん》になるため、設備もしっかりしているのだろう。

今俺たちがいるギルド連合国とは、過去の為政者《いせいしゃ》によって搾取《さくしゅ》されてきた商人ギルドが、冒険者や鍛冶師《かじし》など、各ギルドと協力して反乱を起こし作った国である。

商人、冒険者、鍛冶師、裁縫、料理、大工など、さまざまなギルドが集まって、いつしか全てのギルドの本部がこの国の首都に集まるようになっていた。

そして国の方針は、各ギルドの長が集まって議決することになっているそうだ。

ちなみに、ギルドの中には非合法な暗殺《あんさつ》や密輸《みつゆ》なんてものも存在しているというが……さすがに真偽《しんぎ》のほどは分からない。

この国についてはざっとこんなもんだろうか。

当然ながら冒険者ギルドも本部を置いているので、この国はよその国に比べて冒険者が多い。

また、獣人に限らず、亜人もかなり多い。今街に入る順番を待っているだけでも、さまざまな種族を見ることができた。

イリンと同じ犬系の獣人以外にも、猫、熊、鼠《ねずみ》の獣人がいる。他にも鳥人種や魚人種もいるし、中には腕が四本あったり、ツノが生えている種族もいる。

ただ、それでもこの街の多くを占《し》めているのは人間種だ。

まあここはまだ王国から近いし、何より人間の国なんだから当たり前といえば当たり前だ。

街に入るための列に並んでから一時間ほど経ち、ようやく街の中に入ることができた。

街の中はよく言えば賑《にぎ》わっている。悪く言えばまとまりがない。これも多種族を受け入れている影響なのだろう。

「わあぁ！　人がいっぱい」

イリンのいた故郷は山の中にあるらしく、これほどの人を見たことはなかったそうだ。

言葉遣《づか》いが素《す》に戻るほど興奮し、耳がピクピクとしきりに動いている。

この様子を見ていると、見た目通りの子供みたいだな。

あれ？　でもイリンって俺を捜していた時に王都に来たよな？

「なあ。イリンは王都にも行ったんだから、沢山の人を見るのは初めてじゃないだろ？

まあこれだけ多人種が集まっているのは初めてかもしれないけど」

「あっ。えっと、あの時はご主人様の元に参る準備に全力だったので、周りをよく気にしていなかったんです」

「……ああ、なるほど」

……その集中力はすごいけど、それほどだとちょっと怖い気がする。

まあイリンがそこまでしてくれたからこそ俺は今開き直っていられるんだから、ありがたくはあるのだが……

「じゃあせっかくの旅だ。十分楽しめ」

はしゃいでいるイリンの姿を見て微笑ましくなった俺は、なんとなくその頭を撫でた。

「……？　……ひゃあ⁉」

最初は何が起きたのか分かっていない様子のイリンだったが、俺の方を見ると俺が何をしたのか分かったようで、奇妙《きみょう》な声を上げた。

「っと、悪い。ついやってしまった」

「い、いえ。あの、えっと……」

イリンは言葉にならない声を出すと、おずおずと頭を差し出してきた。

「……どうぞ」

「──ははっ」

いつもはしっかりしているくせに、こういう状況になるとやっぱり年相応に見える。

ほんの数時間前には自分から迫ってきたことを考えると少し複雑な気持ちだが、なんだか自然と笑いが零《こぼ》れてしまった。

イリンは笑われたのが恥ずかしいのか、プルプルし始めた。しかし差し出した頭を勝手に上げることもできず、そのまま動かない。

俺はイリンを困らせるつもりはないので、素直に差し出された頭を撫でる。

するると服に隠れている尻尾が、その存在を主張するように動き出した。

しかし、その動きは以前見た時よりも随分《ずいぶん》と大人しいように見える。まず間違いなく、短くなったせいだろう。

「……」

「……ご主人様？　どうかいたしましたか？」

頭を撫でていた手が止まったのを不思議に思ってか、イリンが問いかけてきた。

「いや、なんでもない……それよりも宿を捜しに行こう。金にはだいぶ余裕があるし、せっかくだからいい宿にしようか」

そう言って手を離すとイリンは名残惜《なごりお》しそうに俺の手を見ていた。

「さ、行くぞ」

それに気づいた俺は、最後にポンポンとイリンの頭を叩《たた》く。

「はい！」

と、今度はいつものように元気な声が返ってきた。

「こんにちは。部屋は空《あ》いていますか？」

それなりに高そうな宿屋に入り、受付の人に声をかける。

現在、俺の背後にはどことなく沈《しず》んだ様子のイリンがいる。

原因は分かっている。ついさっきのことだ。

宿を探している途中、小腹が空《す》いたからと屋台で買った串焼きを、食べ歩きに慣れていないイリンが落としてしまったのだ。

イリンはすぐに拾おうとしたのだが、いかんせん人混みの中であったため落としたものは踏《ふ》み潰《つぶ》されてどこかへ消えてしまった。

この街にはさまざまな種族がいるため、種族ごとに合わせたものが売られている。今回買ったものも獣人用に作られたものの一つで、俺にはちょっと変わった味に感じられたが、イリンは気に入ったようだった。

そのうえ、俺から貰ったものということでとても喜んでいたため、それを落としてしまったというのも相《あい》まって落ち込んでいるのだ。

以前のように死にそうなほど思い悩んでいるというわけではないが、それでも落ち込んでいるというのがすぐに分かる程度には元気がなかった。

「はい。部屋割りはいかがされますか？」

「えーっと、一人部屋を二部屋で――」

待て。本当にそれでいいのか？　まだ王国の宝物庫にあった金が残っているとは言っても、これからどれだけ必要になるか分からないんだぞ？

宝自体はまだまだあるが、現状それを金に変えてしまえば足がつく恐れがある。信頼できる相手が見つかるまで売ることはできない。

そんな状況で使いすぎるのもどうなんだ？　ここはそれなりに高い宿なんだから、一部屋で十分じゃないか？　そっちの方が安いし。

チラリとイリンの方を見るとやっぱりまだ沈んでいる。ここは励《はげ》ましの意味を込めて、二人部屋にしよう。こんなので喜んでくれると思っているなんて自意識過剰《かじょう》みたいだけど、喜んでもらえると思いたい。

「やっぱり二人部屋をお願いします」

「……かしこまりました」

うん？　なんだか受付の女の人のテンションが下がった気がする。心なしか声と視線が冷ややかなものになってる気がしないでもない。

受付以外の人たちも、なぜか同じようになっている。何かしただろうか？

「お食事はいかがされますか？　お部屋にお持ちすることもできますが」

「部屋にお願いします」

食堂でもよかったんだけど、できるだけ目立たないようにするには部屋に持ってきてもらった方がいいだろう。

追っ手の心配を全くしないでよくなったわけじゃないし、備えるに越したことはない。

「かしこまりました。時間になりましたらお部屋にお運びいたします——それではご案内しますのでこちらへ」

係の女性が俺たちを部屋まで案内してくれる。

知らない場所をこうやって女性に案内されるのは、召喚された日を思い出すなぁ。今となってはいい思い出……でもないけど、まあ懐《なつ》かしくはある。

しかし、う～ん。対応自体はまともにしてくれてるんだけど、やっぱりどことなく嫌悪《けんお》感《かん》というか拒絶感《きょぜつかん》？　が感じられる。

「こちらがお客様のお部屋となります。お部屋は綺麗に使っていただけるとありがたいです」

俺は案内をしてくれた女性に頷くが、女性は更に続ける。

「――それとこの部屋は、防音の魔術などはかかっていませんので、他のお客様のご迷惑《めいわく》にならないように夜間はお静かにお願いします」

周りの迷惑を考えないではしゃぐようなことは当然しないが……なんで夜間？　いくら異世界といっても夜は静かにするのは常識だろうに。

いや、夜行性の種族とかもいるのか？

でも俺は見れば人間だって分かる筈。なら人間が夜にうるさくしないのも分かってると思うんだけど……

まあいいか。もともと汚《よご》すつもりも騒ぐつもりもないんだし。

「ええ。分かってます。あなた方のお手を煩《わずら》わせるようなことはしません」

「……ではこちらがお部屋の鍵となります」

一礼して去っていく従業員の女性の態度は、最後まで変わらないままだった。

……おかしな対応はしてなかった筈なんだけどな。

もしかして、部屋を二部屋から一部屋に変えたことで宿の儲《もう》けが減ったからか？　いやでも、見た感じこの宿はそんなケチくさい店じゃないと思う。

他には……宿の人たちは人間に見えたけど、実は他種族で何か文化の違い的なことで不快にさせてしまったとか？　ああ、それならありそうだな。次に会った時に確認してみようかな。

まあそれはともかくとして、部屋に入る。

部屋は王城と比べると流石に何段も劣《おと》るが、以前ハウエル王国内で泊まった宿と比べるとその差は圧倒的だった。

以前は入った瞬間微妙《びみょう》な臭いがしたが、今回はそんな臭いなどしない。ないわけではないのだが、それは不快になるようなものではなかった。

そして見た目も違う。壁や床に付いていたシミはこの宿には存在せず、ベッドもシワがなく綺麗なものだった。

「ほらイリン。いつまで落ち込んでんだ。また買ってやるから元気出せ」

「はい」

さっきまでよりは幾分か元気になっているが、それでもまだいつものように、とはいかなかった。

「宿も取ったし、これから出かけるけど付いてくるか？　来るならまたさっきの串焼きを買ってやるぞ？」

「ほんとうですか!?　行きます！　……あっ！　いえ、私は奴隷ですので串焼きなどなくても付いていきますが」

食べ物一つでここまで変わるなんて、イリンは意外と食い意地が張っているのかもしれないな。そう思うと思わず笑いが漏れてしまう。

「ははっ。そうか。なら一緒に行こうか」

「はい！」

せっかく気に入ってるみたいだし、いっぱい買って収納しておこうかな？

「ご主人様。どこへ向かわれるのですか？」

「ん？　まあ、まずは冒険者ギルドだな。この街について、それとこの国について詳しく知っておきたいし」

知識として知っているとはいえそれは完璧《かんぺき》じゃないし、自分で見聞きしないと本当の意味で理解することはできないからな。

そう考えて宿を出たのだが、肝心《かんじん》の冒険者ギルドの場所が分からなかった。

仕方がないので、さっきの串焼きの屋台で買い物ついでにギルドの場所を聞く。

ついでに近くの屋台でも、いろんな種類の串焼きを買ってみた。一部屋分浮いたし、ちょっとくらいいいだろう……節約した意味がないけど。

ともかく、教えられた場所に行ったのだが……

「うん？　んー、ここ冒険者ギルドだよな？」

そこは、本当に冒険者ギルドなのかというほどに清潔感《せいけつかん》に溢れていた。前の街みたいな荒《あら》くれ者が集まる場所じゃなくて、役所のような、この世界なら商人ギルドのような場所だった。

「はい。外にかけられていた看板は冒険者ギルドのものでした」

俺の独《ひと》り言《ごと》にイリンが答えるが、イリンも今までとの違いに驚いているようだ。

その光景が信じられずに、俺は一回外に出て看板を確認してしまった。

だがここは紛れもなく冒険者ギルドだった。冒険者ギルドの証《あかし》である交差する三つの武器。その看板がしっかりと掲《かか》げてある。

「あの、ちょっといいですか？」

わけが分からないままでいても仕方ないので、受付の人に尋ねることにする。

「こんにちは。本日はどのようなご依頼ですか？」

「いえ、依頼じゃなくてちょっとお聞きしたいことが――」

今まで見てきた冒険者ギルドはもっと汚《きたな》く雑然《ざつぜん》としていた。なぜこの街の冒険者ギルドは他と違うのか。それに周りを見ると冒険者の姿がない。それらの疑問に思ったことを聞くと、受付の人は少しだけ驚いてから笑顔に戻って答えてくれた。

曰《いわ》く、この建物は冒険者ギルドではあるが、俺の思い描《えが》いている冒険者ギルドじゃないらしい。

というのも、冒険者ギルドは依頼を出す建物と依頼を受ける建物で分かれているんだとか。

一番の理由としては、依頼を出しに来ただけで、冒険者と勘違いされて絡《から》まれることがあるから。

そうでなくとも、武器を持った厳《いか》つい者たちが集まる場所に進んで入りたいなんて思う依頼者は少ない。そのままでは依頼が減ってしまうと危惧《きぐ》した過去の冒険者ギルドの本部が、依頼を出す場所と受ける場所を分けたそうだ。

ちなみに、人の少ない村などなら二つに分けるまでもないほど仕事が少ないため、依頼を出すのも受けるのも同じ建物という場合も少なくないらしい。そしてそこでは、大きい街では二つに分かれているという説明すらされないことが多いとか。

俺が登録した街は、規模的《きぼてき》には分かれている筈とのことだが……気づかなかったんだな。しかも説明も断ったからこれまで知る機会がなかったと。

ついでに、外に掲げる看板も違うそうだ。

冒険者の掲げる紋章《もんしょう》は、剣と槍と杖《つえ》が交差している。そして今俺がいる依頼を出す方の冒険者ギルド、通称『依頼場』は、その三つの後ろに盾が加わっている。言われてみればさっき見たのもそんな感じだった気がする。

「――ですので、冒険者の方がご依頼を受けるのであれば、もう一つの方に行っていただかないといけません」

「そうでしたか。説明ありがとうございました。お手間を取らせてしまい申し訳ありません」

「いいえ、時折間違える人はいますので、案内も業務のうちなんです。それにちょうど暇でしたから」

ふふっと笑う受付の人につられて俺も笑う。

暇だと言うのならこのままここで情報を集めてもいいけど……流石に目立つからやめておくか。

「それでは我々はこれで失礼します」

「はい。何かご依頼があった際はいつでも来てください」

依頼場を後にした俺たちは、今度は間違えないようにギルドへと歩いていく。

しかし、なんであの串焼き屋のおっちゃんは依頼場の方を教えたんだ？　俺はそんなに冒険者らしくないだろうか？

確かに鎧《よろい》は着ていないけど、剣や魔術具で武装はしているから間違えないと思うんだが……

いや。そうでもないか。魔術具なんて一般人からしたらただの装飾品だし、剣も護身用《ごしんよう》に身につけている奴は意外と多い。

街の住民はそうでもないが、旅人は全員と言っていいくらい何かしら武装している。

おそらく、あの屋台の店主には俺が冒険者に見えなかったんだろうな。

……これでもこっちの世界に来てからまともに鍛えたから、以前よりはがっしりした体格になったと思うんだけど。異世界基準《きじゅん》でいくとまだ足りないようだ。

「……なあイリン。俺は強そうには見えないか？」

「そんなことはありません。ご主人様はとてもお強いです。今まで会った方々は皆、ご主人様のお力に気づくことができていないだけです」

イリンはそう言ってくれたが……見えるか見えないかで言ったら、強そうには見えないってことだよな？

「今度こそ合ってるよな」

目的の建物の前まで来た俺は、外に飾《かざ》ってある看板を確認してから中に入っていく。

建物の中は、具体的にどこが汚れているってわけじゃないんだけど、全体的に暗く見える。やっぱりこっちの方が冒険者って感じの雰囲気がしている。

俺はこの感じが嫌いではないけど、改めて考えてみれば、依頼場で聞いたように一般の人は入りづらいだろうな。

建物に入った瞬間、ギロリと中にいた冒険者たちから睨《にら》まれた。

本人たちからしたら睨んだつもりはないのかもしれないけど、鋭い目つきに厳つい顔のガタイのいい男たちに見られればそう感じてしまう……ここにいる奴らと自分を比べると、やっぱり俺は鍛え方が足りないのかもしれない。

とはいえ、皆一瞬だけ視線を向けると、すぐに興味をなくしたようだった。

まあ、剣だけでまともに武装していない俺と明らかに子供のイリンじゃ、そうなるだろうな。

こうなれば怯《おび》える必要もないので、気軽に受付まで進んでいく。

「こんにちは。今お時間をいただいても構いませんか？」

「えっと、どういったご用件でしょうか？」

受付にいたのは気の弱そうな可愛い系の女性。頭の上に茶色く天に伸びる耳がついているので、多分兎《うさぎ》の獣人なんだろう。ウサ耳といえば白だと思うけど、茶色がいてもおかしくはない。
　なんだか受付の女性率が多い気がするけど、見目がいい方が客受けもいいのだから当た
り前か。俺だって、厳つい男より可愛い女の子に対応してもらった方が嬉しいし。厳つい
ハゲのおっさんも、あれはあれで魅力はあるんだけど、まあどうせならな。
　と、俺は思考を切り替えて問いかける。
「俺たち冒険者なんですけど、この街に着いたばかりなので挨拶《あいさつ》に来ました。それとこの
街についてお話を聞きたくて。何か知っていた方がいいことってありますか？」
「あっはい、あの、この街は人間以外の多種族が生活しているので、その文化の違いに気
をつけていただければと。あとは――」
　最初こそ言葉がつっかえていたが、途中からは流暢《りゅうちょう》に話すようになった。
　そして今では横道に逸れて、どこの店が美味しいだとか食べ歩きをするならどこがいい
だとか、聞いてもいないことを話している。しかもその内容がお菓子などの甘味ではなく、
ガッツリとした肉系の店が多いのだ。
　兎のイメージとはかけ離れているが、そういうものか？　それともイリンの耳を見て獣
人だと察して肉系ばかり教えてくれているのだろうか？
「それでですね――」

多分違う気がするのは気のせいじゃないと思う。今もイリンと美味しいお肉について楽しそうに話している……肉食系兎獣人かぁ。

「――ところで、お二人のランクをお聞きしてもいいですか？　美味しいお店があるんですけど冒険者専門店でして、銅級以上じゃないと入れないんですよ」

「そんなお店があるんですか。なら俺たちは入れませんね。俺たちまだ鉄級なので」

「えっ⁉　そうなんですか？　鉄級はすぐに上がれるようになっている筈ですよ」

「最近登録したばかりなので」

証拠、というか証明としてギルドの登録証を見せる。

「あっ、ほんとだ」

「ははっ。まあランクはそのうち上げるつもり――」

「え？」

俺が笑って言うと、驚きの表情を受かべる兎獣人。

「どうかしましたか？」

「あ、いえ。ランクはそのうち上げるって今言いましたけど、規則はご存知ですか？」

「規則ですか？　それはどんな？」

「鉄級は一週間に一度は仕事をしないと、登録が抹消《まっしょう》されてしまうんです。まあ新しく登録すれば問題ないんですけど、お金がかかるのと、それまでに稼いだ昇級点《しょうきゅう》がなくなってしまいますよ。手続き自体も面倒ですし」

そんなことは聞いていなかった。いや、聞かなかったのは自分の意思なんだけど。

今までの成果が消えることについては、俺は今まで一度も依頼を受けたことがないので問題はない。

だがせっかくの登録が消されるのもなんなので、一度くらいは依頼を受けてみようと思う。再登録のお金も勿体《もったい》ないし。

えーっと、登録してから一週間となると、期限はあと二日だな。

まあ今日はもういいとして、明日は依頼を受けるか。

「教えていただきありがとうございました。そのことをすっかり忘れていたので、明日にでも依頼を受けようと思います」

「そうですか。では銅級まで上がったら教えてください。その時には、さっき言ってた冒険者専門店を教えてあげます」

依頼を受けるとは言ったけど、銅級になるとは言っていないんだけどな。

でも、話を聞いていて期待しているのだろう。イリンの尻尾が服の下で激しく動いている。

……銅級になるのは大した手間でもなかった筈だし、一度銅級になれば一週間の縛りもなくなるからやってもいいか。

「因みに、オススメの依頼とかってあります？」

「そうですねぇ――」

受付の女性に尋ね、俺たちはいくつか初心者向けの依頼を教えてもらった。

鉄級というランクは、冒険者とは言ってもまだ街の外に出られない者のためにあるランクで、だいたいが街中でできるお手伝いのようなものだ。

中には倉庫の荷物整理などの力が必要なものもあって、そういうのを専門にやっている者もいるらしいけど。

「ではそれを受けてみます」

「はい。頑張ってください」

今回教えてもらった程度だったら頑張るも何もない気がする。少なくとも俺たちにとっては。

苦笑《にがわら》いを浮かべて返事をした俺は、もうこれ以上用はないので帰ろうとギルドの出入口に向かう。

しかしそこで――

「イ、イリン‼」

突然、後ろを歩いていたイリンを呼びかける声が響いた。

……俺には何か問題が起きる呪《のろ》いでもかかっているのだろうか？

いや、イリンを呼んでいるんだから、この場合は俺じゃなくイリンが呪われてるのか？

振り返ると、イリンと同じように薄緑色の髪をした十七・八歳くらいの見た目の獣人の少年がいた。同じ色の髪に親しげに話しかけてくる様子から、イリンの兄だろうか？　どことなく似ている気がする。

イリンの故郷があるのはこの国じゃない筈だが……わざわざ他国まで捜しに来たのか。

「……ウース？」

「イリン！　どうしてこんなところに⁉　攫われたんじゃっ！　うまく逃げ出すことができたのか⁉　いやそんなことより里に戻ろう。おじさんたちも心配している」

違った。イリンの親と思われる人のことをおじさんたちと言っていることから、どうやらこの少年は家族ではないらしい。

「さあ。行こう！」

ウースと呼ばれた少年は、イリンの話を聞くこともなくその手を掴《つか》み引っ張っていく。

俺としてはこのままこの少年にイリンのことを任せてもいいかもしれないとも思ったが、一度イリンを故郷まで送り届けると誓ったんだから、最後まで責任を持つべきだろう。

……それに、少しだけイリンと離れ難《がた》くもある。

そう思って俺はウースを呼び止めようとしたが、その必要はなかった。

「放して、ウース」

イリンが自分の腕を掴んでいたウースの手を叩き落としたのだ。

「え？」

ウースは呆然と、イリンの顔と自分の手を見比べている。

そして叩き落とした本人は、何事もなかったかのようにこっちに来た……この状況でそのままこっちに来るのか。

「お騒がせして申し訳ありませんでした」

「ああ、うん。いやそれはいいんだけど……あれはいいのか？」

せっかくイリンのことを捜しに来てくれたんだから、もっと相手をしてあげてもいいと思う。

それに、俺としては彼にはもっと頑張ってもらいたい。

多分だけど、彼はイリンの幼馴染とかだろう。そしてイリンに恋心を抱いているのだと思う。イリンが里に戻った後、穏《おだ》やかに過ごすためには彼とくっついた方がいいだろう。その筈だ。

このままでは三年後に成人した時にイリンは俺のことを追ってきそうだし。

……正直俺自身、イリンのことをどう思っているのかまだ心の整理が付いていない。

俺とイリンの間には十歳以上の年齢差があるが、もしかしたら俺はイリンに恋愛感情を持っているのかもしれない、とも思える。実際どうなのかは、自分のことながらよく分からないけど。

だが仮にそうだとしても、常識的に考えるならやっぱり里で家族や同族と共に暮らすべきだろう。きっと、そっちの方がいい。その方がイリンのためだ。

「ッ！　な、なんでだ！」

自分から離れていくイリンを見て呆然としていたウースが困惑しながら叫んだ。

「行きましょう。ご主人様」

だがイリンは止まらない。振り返ることもない。むしろ早く行こうと俺を急かす。

「おい！　待てよっ！」

駆け寄ってきてガシッとイリンの肩を掴もうとしたウースだったが、その手は再びイリンによって叩き落とされた。

「私はあなたと帰る気はありません。私には、里に帰るよりも大事なことがありますので」

そう言ったイリンは既に知り合いと話す口調ではなくなっていた。多分俺の前だからだろう。

……いくら仲良くしたところで、主人と従者の間には壁がある。

そう思うと少し悲しくなってくるが、仕方がないことだと自分に言い聞かせる。

「なんでだ！　俺はお前のことをずっと捜していたんだぞ！　お前がいなくなってから

ずっと！」

「そうでしたか。ありがとうございました。ですが、それはあなたの都合であって私が頼んだわけではありませんよね？」

「えっ？　だ、だけど――」

「それに――あなたは間に合わなかった」

「え……？」

何を言っているのか分からないという表情を浮かべるウース。

だが、ウースを見るイリンの目は冷たく、感情が見えない。

「私を助けたいと思って捜していただいたことは、本当に感謝しています。ですが、あなたは私が本当に助けてほしいと願った時にいませんでした。死にたくない。助けてほしい。そう思った時に助けてくださったのは、あなたではなく別の方です」

俺たちが最初に会った時のことか。でも、確かに俺はイリンのことを助けたけど、あれは単なる偶然だ。ウースのように必死になって捜していたわけじゃない。

まあ、イリンにはそんなことは関係なかったんだろうな。

助けてほしいと思ったところを俺が助けたから、俺の側にいる。ただそれだけ。

理解はしているけど、そう思うとなんだか微妙な気持ちになった。

「なっ！　でもそれは！　……仕方が、ないことだろ」

「ええ。『仕方がないこと』です。それに関してどうこう言うつもりはありません――ですが、私のことについて何か言われる筋合《すじあ》いもありません」

イリンは言いたいことは終わったとばかりに振り返り、俺のことを見る。

だがその視線はいつもとは違い、「早く行こう」と言っているような感じがした。

しかしウースは到底納得できないようだった。

「お前だな！　お前のせいでイリンがっ！」

何を思ったのか、今度は俺を標的《ひょうてき》にしたようだ。ウースはそう叫び、怒りを露わにした表情で俺に近づいてきた。

……親しくしていた女の子が攫われて、必死に捜した結果がさっきのイリンの対応だったならば、仕方がないことかもしれない。

自分が今まで暮らしていた場所を出て、他の国に行き、見知らぬ地で懸命《けんめい》に一人の女の子を捜す。

そこには色々な苦労があっただろう。苦しくて辛くて泣きたい時もあったかもしれない。

そして、捜して捜して、やっと見つけたと思ったら、その子は「捜してほしいとは頼んでない」なんて言って自分の手を払いのける。その時の気持ちはどれほどのものか。

……その気持ちは分からなくもないけど、こっちとしてはたまったもんじゃない。

言いたいことがあるのならイリンに直接言って説得しろ。

当の本人は欠片《かけら》も聞く気がないみたいだけど、そんなのは俺のせいじゃない。

怒りを露わにして近寄るウースを危険人物と判断したのか、イリンは武器を構える。

「止まってください」

「なんでだイリン！　そんな奴さえいなければお前はっ！」

今イリンが持っている武器は、国境を越えてから俺が渡したものだ。

もう怪我をしなくても済むように、収納してあった『宝』の中から選んでもらって渡してある。

身につけたそれらを時々見てはうっとりしているのには一言言いたいが、面倒なことになりそうだし今のところ害はないので好きにさせている。

そんなイリンは、ウースを真っ直ぐ見つめる。

「この方は私のご主人様です。お守りするのは当然です」

「ご主人様、だと……？」

首輪の存在に気づいていなかったのか、イリンの首元に視線を落とすウース。

「それ、首輪？　まさか……」

イリンがつけているのは、奴隷用の首輪の魔術具だ。

とはいえ魔術具の効果自体は初めて会った時に解除しているので、イリンは俺の奴隷でもなんでもないし、首輪は飾りでしかない。

だいたい、そんな機能が残っていたら、ここまであんなにイリンを疑わずに済んでいただろう。

だが、イリンは俺の奴隷を自称し、首輪を外そうとしなかった。

ハウエル王国内では念のためにそのままにしていて、王国を出た後に外したらどうかと言ったんだが、泣きそうになったので好きにさせている。

それが今は、余計なトラブルの種になってしまっていた。

「おいお前！」

ウースは険《けわ》しい顔で俺に呼びかけると、腰に差していた剣を抜いた。

そのことにイリンが更に警戒を強めたが、イリンの心配するようなことにはならず、ウースは剣を床に突き刺して一歩下がった。

「？」

俺はウースが何をしたいのか分からなかったので、ただ首を傾げる。

別に魔術を発動したわけでも、あの剣が魔術具だというわけでもなさそうだが。

これからどうするんだ？　と思って見ていると、腕を組んで何かを待っている様子のウースがそわそわし始めた。

その様子と剣を床に刺すまでの流れから、俺に何かを求めているというのはなんとなく分かるけど、どうすればいいのかが分からない。

俺も剣を刺せばいいのか？　それともその剣を抜けばいいのか？　もしくは他に何かした方がいいのか？　全く分からない。

……いっそ蹴《け》り倒してみるか？　確実に間違っているだろうけど、事態が動くのは確かだ。

誰か教えてくれないかなとイリンの方を向くと、イリンは笑顔で頷いた。

「行きましょう。ご主人様」

「え？」

「あれはただ格好つけてるだけなので構う必要はありません。むしろ構ってしまえば犯罪者となります」

「……そうなのか？」

確かに、そう言われれば格好つけてるだけに見えないこともないが、相手しても犯罪者になるとは思えないんだが……

現にウースの顔を見てみると、何を言っているんだとでも言うように唖然《あぜん》としている。

だが、イリンが俺に嘘をつくとは思えない。

「どういうことだ？」

「あれは獣人の間で行なわれる決闘の誘いです。自身の武器を突き刺し、相手はその側に自身の武器を突き刺すことで決闘の合意となります」

「やっぱりそんな感じだったか。でもそれじゃ、犯罪者ってのは？」

イリンは軽く首を横に振る。

「本来であれば、私たちの里や街の外で行なわれますのでなんの問題もありません……ですが、ここは冒険者ギルドの建物内です。その建物に剣を故意に突き刺し傷つけることは、ギルドへの敵対行為となります」

「「あっ……」」

イリンの説明によって、俺だけじゃなく周りで面白《おもしろ》そうに見ていた奴らも「そういえば」という感じで気の抜けた声を出した。

チラリとウースのことを見れば、先ほどまでの鬼気迫《ききせま》る表情はどこへやら、目を丸くしてポカンと口を開いている。

「ですので誘いに乗れば、ご主人様もギルドに敵対してしまいます。ご主人様であればなんの問題もなく対処可能だとは思いますが、騒ぎになってしまいますのでやめておいた方がよろしいかと」

「ま、待てっ‼　俺はそんなつもりは――」

「言い訳でしたら私ではなく、あちらの方におっしゃってください」

イリンが手で指し示す方を見ると、なんらかの書類を用意してウースに向けてピラピラと見せているギルドの職員がいた。おそらく罰則金とか弁償《べんしょう》費用とかそんな感じのことが書かれてるんだと思う。

随分用意がいいなと思うが、それだけ問題を起こす奴が多いんだろう。

「今のうちにここを離れましょう」

それを見て呆然としているウースをよそに、イリンは小声で言った。

それでいいのか、と思ったけど俺も面倒事は嫌いなので、頷いてその場をそっと離れることにした。ウースも用があれば、また話しかけてくるだろう。

……多分また話すことになると思うけど。


ウースに気づかれないようにこっそりと冒険者ギルドを後にした俺たちは、現在、元々の予定であった買い物をしている。

しかし二人で買い物に来ていると言っても、その様子は恋人のデートとはかけ離れていた。奴隷として、従者としての立場を譲らないイリンは俺の後ろをついて歩いている。

「……なあ、やっぱり並んで歩かないか？　話しづらいんだけど」

「ですが私はあなた様の奴隷ですので」

……はぁ。これだ。俺としてはイリンとは主従の関係ではなく、もっと普通に仲良くなりたい。男女の関係になりたいとかではなく、純粋な意味でだ。

イリンのおかげで色々と思い直すことができた俺は、心から感謝している。

　だからそんな相手を奴隷や従者として扱うのは心苦しいし、少なくともイリンを故郷に送り届けるまでは一緒にいるんだから、せめて普通の友人程度にはなりたかった。

「……なら命令だ。横に来て並んで歩け」

「……はい」

　声だけ聞くと渋々といった感じだが、その実尻尾と耳を見てみれば思い切り動いているので、喜んでいるのだろうと思う。

「──なあ、イリン。本当によかったのかアレは」

　と、そこで思い出した先ほどのことについて聞いてみる。

「捜してくださったのは感謝しています。ですが私は、あなた様の元を離れるつもりはございません」

　はっきりと言い切るイリンだが、だとしても、もう少し話した方がよかったんじゃないか？

「それに、知人であり助けようとしてくれた方にこう言うのもなんですが、眼が怖かったので」

「眼？」

　何かあっただろうか？　確かにウースは俺のことを憎《にく》んで怖い顔をしていたが、その感情は理解できるし仕方のないことだと思う。

でもイリンに対しては、そんなおかしな眼を向けていたか？

「はい。なんと言えばいいのかはっきりとは分からないのですが、歪んだ真っ直ぐさ、とでも言えばいいのでしょうか……なんだかおかしな眼をしていました」

歪んだ真っ直ぐさ、か。歪んでいるのか真っ直ぐなのかどっちなんだ？　……なんて、冗談はやめておこう。

俺には他人の眼から感情を読み取ることなんてできないが、イリンの言う視線には覚えがある気がする。それも頻繁《ひんぱん》に見ているような。

そう考えた俺は、無意識のうちにイリンのことを見ていた。

「……どうかいたしましたか？」

「いや、なんでもない」

そう言ってイリンから正面に顔を戻す。

記憶の正体が分かった。イリンから向けられる眼もそんな感じなのだ。

歪んだ真っ直ぐさ。言い得て妙だと思うよ。時折俺に向けられるイリンの眼はまさにそれだ。

でも、もしウースもイリンと同じような奴なら面倒くさいことにならないか？

俺が気づけなかったくらいなので、ウースの異常さはイリンほどじゃないとは思うが、それでも面倒なことには変わりないだろう。

……イリンの里の奴らはみんなこんな感じなのか？　もしくは獣人自体がそういう種族？　だとしたら獣人の国に行くのが怖いんだけど……イリンとウースの二人が特殊であることを願っておくしかないな。

だがここで考えていても仕方がない。なるようにしかならないだろう。

そんなことよりも今は、本来の目的である買い物を終わらせてしまおう。

まずは何から買いに行くか。食事の買い足しは必要だろうな。

城にいた時に多少は奪って、じゃなくて貰ってきたし、途中の街で買い足しもしていたけど、目立たないように買い物をしたのでそれほど量を買えなかった。

収納の中に入れとけば劣化《れっか》しないから、いざって時に備えてまとめて買っておいていいだろう。

あとは消耗品《しょうもうひん》も、あればあるだけいい。

……そういえば収納の限界はあるのだろうか？

今まで試した中では限界はなかったけど、それは目立たないように実験してたからであって加減していた。本気の全力で収納しようと思ったら、どれほどしまうことができるんだろうか？　後でしっかりと確認しておこう。

そんなわけで現状は限界が分からないが、買い足すのをやめたりはしない。容量が足りなくなったらしまってあるものを捨てればいいだけだし。むしろ必要な時に足りなくなる方が困る。

そうして俺はイリンと街を歩いていく。

思い当たる限りの必要なものを買い終えたところで、先日から買おうと思っていたものがあったことを思い出した。

だが、空を見るともうすぐ暗くなりそうだ。明日に回した方がいいだろうか？

悩んでいると、イリンから声がかかった。

「ご主人様。他に買う物はございますか？」

これまでは俺に言われるがままに行動してきたのに、今は質問とはいえ自分から声をかけてくれるようになった。些細《ささい》なことかもしれないが、俺にとってはかなりの進歩だ。

あの砦での出来事がなかったらこうはならなかっただろうと思うと、あの魔族には、ほんの砂つぶほどには感謝している。あんなことは二度とごめんだけど。

「ん？　あーそうだなぁ……もう一軒だけ行って今日は終わりにしようか」

「かしこまりました」

できればもう少し砕《くだ》けた態度になってくれると嬉しいけど、それはまたおいおいってことで。

今は今日最後の買い物に行くとしようか。

キイィ、カランカランと音を立てて店のドアを開けると、そこにはいくつもの服が並んでいる。

やってきたのは服屋だ。

以前の街では俺の服を買ったが、今回の目的はイリンの服である。

イリンはメイド服しか持っていないから、どこに行くにしても目立つ。なのでここで普通の服を買って、今後はそっちを着てもらおうと思う。

砦に行く時はメイド服を脱ぐのを嫌がっていたが、それは俺が贈り物として新たに服を買うことでなんとかなるだろうと思う……多分。

「イリン今日はお前の服を買いに来た」

「え？　ですが私にはこの服が……」

「そうだけど、それ一着しかないっていうのも問題だ。やっぱり目立つし、動きづらいだろ？　旅をするんだから、もっと動きやすい普通の格好をしないと」

「それは。ですが……」

「お前がその服を大事にしているのは知っている。だから捨てろ、なんて言わない。けど、俺からお前に贈り物をさせてくれないか？」

さっき言ったこと以外にも、イリンに恩を返したかったというのも理由の一つだ。

「――はい！」

さて、今更な話ではあるが、この世界の文明水準は低い。

魔法――魔術が発達しているおかげで、ある程度不思議なことがあっても神様とか精霊の力とかで片付けてしまうからだ。

だからこの世界では、一部を除《のぞ》いて文明水準が日本よりはるかに低い。何か困ったことがあれば魔術を頼ればいいんだから。

もちろん、魔術のおかげで便利になっている部分もあるが、それはほんの一部だ。

そしてご多分に漏れず、縫製《ほうせい》技術もあまり高くないようで、服の作りはどれも雑だった。

オーダーメイドならもっといいものが作れるかもしれないけど、そういう店は誰かの紹介がないと注文できなかったり、仮に注文を受けてもらったとしても何ヶ月もかかったりする。

流石にこの街でそこまで時間をかけることはできないので、今回も仕方ないが古着を買うことになった。

「あの、これはいかがでしょうか……」

「いいんじゃないか？　可愛らしいし似合ってるよ」

イリンは服を選び始めてから少しして、自分の体に合わせるようにして服を見せてきた。

いつものイリンの様子から考えれば、俺を待たせないようにするためにすぐに服を選んで持ってきそうなものだが、今回は見せに来るまで少し時間があった。

やっぱり多少おかしなところがあるって言っても、女の子であることに変わりはないな。服を選んでいるその姿はとても楽しそうだった。

この世界には試着なんてものはない。正確には一般人が使うような安い場所では、だが。ここで売られているのはただでさえボロく汚れているものだから、それ以上服をダメにしないためだろう。

サイズが違った場合は自分で直すのが普通らしい。

だが俺には服の直しなんてできない。今着ているメイド服を自作したイリンならば直しぐらい簡単にできるのだろうけど、俺が贈った服なのにイリンに直させるってどうなんだ？

……ということで、今回は着替えも余分に買うことにした。もしサイズが違って着れない服があったら、売るか処分しよう。

服を選ぶイリンを見ていると、ひらひらとした服ばかり選ぶのに気づいた。

この世界では平民の女性は、ほとんどワンピースを着ている。一般の人は裕福ではないから、生地《きじ》に金をかけず、手の込んだ服は着ない傾向にある。

だからイリンがひらひらした服を選ぶのは不自然ではないのだが、今回は俺が買ってやるので金額を心配する必要はない。

「イリン。もっと好きに選んでいいんだぞ。旅をするんだし動きやすいズボンとかも必要だろ？」

「……そうですね。選んでみます」

一瞬だけだったが、そう言ったイリンの表情が強張《こわば》って見えた。

なんだ？　何かあるのか？

イリンの様子を見ていると、今度は俺の言ったようにズボンを手にとってみたが、チラリと自分の背後を確認している。

——ああ。そういうことか。

イリンがズボンを選ばなかったわけが分かった。

尻尾だ。俺のせいで短くなった尻尾を隠せる服ばかりを選んでいるんだ。

そのことに気づいた俺は、後悔とやるせなさで手を握《にぎ》りしめる。

だがそんなことをしても現実は変わらない。

俺は収納の中身を確認すると、服を選ぶイリンに近寄った。

「……イリン。ちょっといいか」

「はい。いかがいたしましたか？」

「これをイリンにあげるよ」

「指輪、ですか」

今俺が差し出したのは城から貰った『宝』の中にあったもので、いわゆる認識阻害《そがい》の魔術具だ。

この指輪には、使用者が周囲に注目されにくくなるという効果があるので、これをつけていれば尻尾のことを気にする必要はないだろう。

もし魔術具の効果を見破る者がいたとしても、それほどの実力者なら無闇《むやみ》にバカにする者もいないだろうと思う。それでもそんな奴がいたら、俺の恩人をバカにしたんだからボコボコにするけどな。

効果を説明すると、イリンが目を潤《うる》ませる。

「……まさか、そんなっ……本当にこのようなものをいただいてよろしいのでしょうか」

「ああ。もちろん」

それにしてもそんなに驚くことか？　高価であるとは言っても、他にも魔術具は渡してあるのだからそれほど驚くようなものでもないと思うんだけどな。

「サイズが大きいかもしれないが、指にはめれば自動で調節されるらしいから問題はない筈だ。本当に使えるか分からないからとりあえず指輪をつけてみてくれないか？」

「はい！」

イリンは渡された指輪を嬉しそうに左手の薬指にはめた。

……おい。どうしてその指なんだよ。他にも指はあるだろう⁉

いや待て、落ち着け。ここは異世界だぞ。指輪をはめる指に込められた意味が同じだと決まったわけじゃない。

イリンの様子を窺《うかが》うと、恍惚《こうこつ》とした表情で指輪を撫でている。

……あー、だめだ。これはどう見ても地球と同じ意味だよ。

どうせこれも過去の勇者が広めたんだろうなぁ……

もちろん、イリンに渡した指輪には結婚とかそういった意味は込めていない。

単に自由に服を選んでほしかったってのと、いつ尻尾が治るのか分からない以上、それまでの間、問題なく過ごしてほしかっただけだ。

「いやイリン。俺はその指輪に特別な意味を込めているわけじゃないぞ」

「それは……はい。分かっています」

一応注意しておいたのだが、それでもイリンは嬉しそうに指輪を見つめている。

因みに、イリンに効果を感じるか聞いてみたのだが、どうやら自分では分からないらしい。まあそれもそうか。

ただ俺は、目の前のイリンの存在感が薄まったように感じていた。

最初から彼女を気にしている俺だからその程度で済んでいるのだろうが、これが街中であれば、尻尾のことなんて誰も気にしないだろう。

というわけで、そのことを伝えると、躊躇《ためら》いながらも尻尾を隠すことのできない服を選んでいた。

結局ズボンタイプを含め、いくつかの服を買った後、俺たちは宿へと戻ってきた。

「せっかくだから、買ってきた服に着替えたらどうだ？」

「はい」

それだけ返事をするとイリンはいきなり服を脱ぎ出した。

「ちょまっ‼」

相変わらずこういうことを躊躇《ちゅうちょ》なくやる子だな……

俺は背を向けて、収納の中の宝物や今日買ったものを整理して待つ。

外に出た方が何も気にしないで済むのだが、黒髪黒目の人間は、この国でも珍しい。それが廊下《ろうか》に立っていれば、いらぬ注目を浴《あ》びるだけだろう。

ましてや今はもう日が沈んできているので、外出から戻ってきた人が多くなっている。

できるだけ目立たないようにするにはこうするしかなかった。

いくら王国を出たとは言っても、まだまだ油断はできないからな。

――コンコンコン
と、そこで扉がノックされた。

「はい、どなたでしょう？」

「ご夕食をお持ちしました」

ああ、そういえば部屋に持ってくるように頼んだんだったな。

城の食事より美味しいとは思えないが、折角《せっかく》高めの宿に泊まったんだからどんなものなのか興味はある。

「どうもありがとう」

扉を開けて、相変わらず冷ややかな目をしている従業員の女性から夕食を受け取る。

「……いえ、仕事ですから。食べ終わったお皿は部屋の外に出しておいてください」

「分かりました」

「それと。夜はくれぐれもお静かにお願いします。では」

一礼して去っていく従業員。

「なんなんだ？　そんなに嫌われるようなことをしたかな？」

そういえば受付で何か不快にさせるようなことをしてしまったのか、後で聞こうと思ったんだったか。すっかり忘れてた。

……まあいい。いや、よくはないけどどうせこの街から出て行くんだから気にする必要はない。その出て行くまでが問題かもしれないけど。

「はぁ……って、ああ」

俺はため息を吐きながら振り返り、さっきの従業員の子がなぜあんな態度だったか理解した。

部屋の真ん中に、パンツを穿《は》いただけのイリンがいたのだ。

こんな時間から裸の幼女と部屋にいるなんて、それを見た他人が想像することは限られる。

ましてやこの宿に来た時には、イリンはメイド服を着て落ち込んでいたし首輪をつけていた。

俺の姿は幼いメイドに手を出そうとしているクズに見えたことだろう。

そう考えると受付の時の態度も理解できる。一度は部屋を二つ頼もうとしたのに、俺はイリンを見た後に一部屋に変えた。

俺にはそのつもりはなかったけど、それが意味するところを誤解《ごかい》されても仕方がないだろう。

受付での態度を理解できたが……俺の心がスッキリすることはなかった。

「……まだ、着替え終わってなかったのか……」

「も、申し訳ありません……」

頭痛のしてきた頭に手を当てため息を吐きたかったが、両手は夕食を持っているせいで動かせない。

手に持っていた夕食を机に置き、再び後ろを向くと背後から衣擦れの音が聞こえた。

「……あの、着替え終わりました」

背後の音が止み、か細いイリンの声が聞こえた。

「ん。よく似合ってるじゃないか」

振り返ると、青っぽいワンピースを着た、いかにも普通の町娘といった格好のイリンがいた。

試着はなかったから、イリンの着替えた姿を見たのは初めてだった。

「どこか違和感とかないか？」

「ありません」

よかった。イリンなら手直しできるだろうとはいえ、手間であることに変わりはないからな。

「そうか。じゃあ夕食にしよう」

「はい」

「……なんで後ろに立ってるんだ？」

「私はご主人様の奴隷ですから」

ああそうだったな。奴隷は主人と一緒に食事をとったりはしないんだった。

今まではなんだかんだで話があったり野外だったりで、こんな話をしたことはなかったけど……本来はこれが主人と奴隷及び従者の正しい姿だ。

でも俺たちは主人と奴隷の関係じゃないし、イリンをそんな風に扱うつもりはない。

「そういうのはいいから座れ。一緒に食べよう」

「ですが私は――」

「主人に二度同じことを言わせるのか？」

「も、申し訳ありません！」

「いいよ。それより食事はこれからも一緒にとるからな。普通の服に着替えて耳と尻尾を隠しても、そんな態度だったら目立つだろ」

適当に理由をつけたけど、自分で言ってから確かにそうだなと思った。服と耳と尻尾をどうにかしても他のことでバレては意味がない。

あとは首輪もどうにかしないとだな。

……でもこれまでも、首輪については外していいって言ってたんだよな。外してくれなかったけど。

「……かしこまりました」

イリンが席に着くのを見届けてから食事に手を伸ばす。

お世辞《せじ》にも美味しいと言えるようなものではなかったが、今までの宿に比べれば圧倒的にマシだ。流石にお高い宿なだけはあると思う。

まあそれでも日本の食事に比べるとまだまだだけど。

だが、この食事でも、この世界ではまともな部類に入るというのは俺の思い違いではないだろう。

その証拠に、目の前のイリンは初めはおずおずと食べていたものの、今では美味しそうに食べている。

「美味しいか？」

「はい！」

「そうか、それはよかった」

イリンを里に送り届ける前に、もう少し美味しいものでも食べさせてあげようかな。

＊＊＊

私、斎藤桜《さいとうさくら》には悩みがある。

この世界に一緒に勇者として召喚された親友、環《たまき》ちゃんの様子が最近おかしいのだ。

そりゃね、いきなりこんな場所に呼ばれた挙句《あげく》、あんなことがあって、しかもまだ一週間しか経ってないんだから仕方がないとは思う。でも、このままじゃそのうち環ちゃんが潰れちゃう。

できることならなんとかしてあげたいけど、どうすればいいんだろう……

「……ねえ。海斗《かいと》くんはどうしたらいいと思う」

自分で言ってちょっと抽象的《ちゅうしょうてき》すぎたかなと思ったけど、同じく勇者召喚された海斗くんは、その言葉の意味をしっかりと理解してくれた。

「どうするって言っても、どうしようもないんじゃないか？　環にはもう何回も声をかけたけど、全部同じような反応だったし……彰人さんがいてくれれば」

そこまで言った海斗くんは、ハッとしてバツが悪そうにしている。その理由は分かる。

……もう彰人さんはいないから。


この異世界に召喚されて、私は最初喜んだ。まるでゲームやアニメのような世界に自分が来ることができたんだから。

でも、実際はそんな気楽なものじゃなかった。確かに魔術やスキルを使うのは楽しかったよ？　勇者様～って呼ばれてちやほやされて嬉しくもあった。

だけどいざ戦うとなると、ただ怖かった。

私は、私たちは今まで争《あらそ》いのない日本で育ってきた。

喧嘩《けんか》なんかしたことがないし、喧嘩を見ることすら稀《まれ》だった。

そんな私たちがいきなり命を懸けて戦うことになっても、できるわけがない。

それはいくら訓練したとしても変わらない。訓練の時にできたことも忘れて、ただ怯えることしかできなかった。

そんな私たちが今も生きていられるのは彰人さんのおかげ。あの人がいなかったら、私たちは立ち上がることができなかったかもしれないし、もう死んでいたかもしれない。

最初は頼りない大人だな～、なんて思ってた。多分それは他のみんなも多少なりとも思ってたと思う。

でもそんな彰人さんのおかげで、私たちはここにいる。

そんな彰人さんが死んだ……まだ確実に死んだって決まったわけじゃないけど、多分そう。

彰人さんの部屋に隠し通路が見つかったことからまだ生きている可能性もあるけど、あの部屋の様子を見ると、私にはとてもそうは思えなかった。

環ちゃんも最初のうちは近隣《きんりん》の村を回ったりして捜していたけど、一週間経った今ではすっかり元気をなくしてる。

彰人さんがいなくなったあの日のことを思い出しただけで吐きそうになる。真っ赤な部屋と、その真ん中で倒れている――

「うっ……」

「おい、桜。大丈夫か？」

「大丈夫。ちょっと思い出しちゃっただけ」

「思い出したって何を――いや、いい」

それだけで海斗くんも分かったみたいで顔色を悪くしている。

「サクラ様。カイト様。ハンナ王女殿下《でんか》がお呼びです」

いきなりのことで、私たちは顔を見合わせた。

「王女様が？　なんで？」

「さあ？　分からないけど行くしかないだろ」

そうして私たちは二人で王女様のところに向かった。

こっちに呼ばれたのは五人だったのに、今は二人しかいない。そのことが私の胸を苦しめた。


言われた通りに部屋に向かうと、ハンナ王女が頭を下げてくる。

「お呼び立てして申し訳ありません」

「いえ、お世話になっていますしそれは構いませんが……」

「何かあったのですか？」

海斗君がそう聞くと、王女様は一冊の手帳を差し出してきた。

「こちらを」

本でも紙の束《たば》でもなく手帳。そんなのは、こっちの世界に来てから見たことがない。

海斗くんがその手帳を手にとって開くと、中にはいついつに打ち合わせだとか、どこどこに営業だとか書かれていた。

「これは……彰人さんの？」

「やはりそうでしたか。それは彼の部屋で見つけたものです。片付けていたら彼のペンと一緒に出てきたそうです。他の私物は見つからなかったので収納にしまっていたのでしょう。ですが、その紙の束とペンだけが出ていたとなると、何か書いていた最中だったのではないでしょうか。あわよくば何か手がかりになるようなことが書かれていればと」

「海斗くん！」

「ああ！」

もしそうなら彰人さんを見つけることができるかもしれないし、そうでなくとも環ちゃんを立ち直らせるきっかけになるかもしれない。

そう、思ったんだけど……

「……日記？」

「みたいだね」

途中に書かれてた元の世界の時の予定とかを飛ばして最後の方の部分だけ読んだけど、そこには手がかりなんてなくて、こっちの世界に来てからの日記が書かれているだけだった。

人の日記を読むのはちょっと気がひけたけど、それでも何か分かるかもしれないと思って最後まで読んだ。けど結局何も分からなかった。

「すみませんでした。お力になれなくて……」

海斗くんがそう言うが、王女様は首を横に振った。

「いえ、コレに手がかりがないと分かっただけでも十分ですよ。解読にかける時間を調査に回すことができるのですから……お二人とも、ありがとうございました」

その言葉を受けて、海斗くんは立ち上がって部屋を出て行こうとしたけど、私には王女様にお話が……お願いしたいことがあった。

立ち上がらない私に、海斗くんが不思議そうな目を向けてくる。

「桜？」

「あの、王女様……その手帳をいただけませんか？」

「……理由をお伺《うかが》いしてもよろしいですか？」

「環ちゃんに渡そうかなって思って……環ちゃんは今、彰人さんがいなくなったことで――死んじゃったことですごく落ち込んでいるんです。だから、せめて彰人さんの形見《かたみ》としてその手帳を渡してあげたいんです。そうすれば環ちゃんも少しは元気になってくれると思うから」

本当に元気になってくれるかは分からないけど、少しでもその可能性があるなら私はそうしてあげたい。

これ以上、環ちゃんのあんな姿を見たくないから。

「……いいでしょう。ですが一応手がかりになりうるものなので、後で必要となるかもしれません。なくしたり他の誰かに見せたりすることがないようにお願いしますね」

「ありがとうございます！」

王女様はちょっと悩んだみたいだけど了承《りょうしょう》してくれた。

やった！　早くこれを環ちゃんに渡してあげよう。これですぐには無理かもしれないけど、また笑ってくれるといいな。

ちょっと前まで五人いた筈の食堂。今では私と海斗くんの二人しかいない寂しい場所。

「……環ちゃん、今日も来ないね」

「こればっかりは仕方ないだろ。気長《きなが》に待つしかないよ」

「そう、だね……」

分かってはいるけど、それでも一日も早くまた元気な環ちゃんの姿を見たいな。

「おはよう、桜」

いつもの景色となってしまった二人だけの朝食が始まろうとした時、とっても聞きなれた声、待ち望んでいた声が聞こえた。

声の方を見ると、そこには以前とちょっと雰囲気が変わった環ちゃんの姿があった。

「環ちゃん！　よかった。よかったよ～」

「環！　……その、もう大丈夫なの？　まだ無理はしなくても……」

「ありがとう桜、海斗。でもそんなに心配しなくても大丈夫よ。心配かけてごめんなさい」

「いや、お前が元気になったならそれでいいさ」

そう。たとえ元通りとはいかなくても、今は環ちゃんの元気な姿が見られるならそれでいい。

「環ちゃん！　早く朝ご飯にしよ！　今まで引きこもってたんだからいっぱい食べないと！」

「……事実なのだけど、『引きこもる』っていうのはやめてほしいわね」

そう言って苦笑いする環ちゃんは、いつも通りの私の知っている環ちゃんだ。本当にもう大丈夫みたい。よかった。

「それで今日の予定はどうなってるの？　訓練？　それとも討伐《とうばつ》？」

朝食後、五人が揃《そろ》っていた時のようにその日の予定を確認する環ちゃん。でもいくら立ち直ったって言っても、まだ訓練は控《ひか》えた方がいいと思う。

「環ちゃん！　そんないきなり！　病《や》み上がりなんだからもう少ししてからでも……」

「大丈夫よ。さっきも言ったでしょ？　――それに、今はちょっと体を動かしたい気分なの」

「環。無理はするなよ」

「ええ」

そう言った環ちゃんの姿はなんだかちょっと怖い気がした。でも立ち直ったって言ってもあんなことがあったんだから仕方ないよね？

……環ちゃんは、『大丈夫』、だよね？

第4章　新たな旅路《たびじ》

翌朝、俺たちは部屋に運ばれてきた食事をとってから、ギルドで受けた依頼をこなすために街を歩いていた。

「さて、俺たちの初めての依頼が始まったわけだけど、場所はここで合ってるか？」

「はい。こちらで間違いありません」

今回俺たちが受けたのはゴミの片付けだ。ゴミと言っても、ポイ捨てされているような小さいものではない。

建物を取り壊した後の土地に残された残骸《ざんがい》を片付けるのが、今回の依頼だった。

とは言っても、数人がかりで持つ必要がある大きな木材などはあらかじめ撤去《てっきょ》してあるので、後は大人であれば持てる程度のものしか残っていない。

それでも集積所《しゅうせきじょ》まで何往復《おうふく》もしないといけないため、とても面倒である。だからこそギルドに依頼が出されるのだが。

「まあでも、俺にとっては楽にこなせるものだけどな」

回収する残骸が残っている範囲の真下に、収納魔術で黒い渦を作る。

するとその上にあったもの全てが、まるで地面に沈んでいくかのように消えた。最後に魔術を解除すればそこにはもう何もなかった。

「これで終わりだな」

「すごいですご主人様！　こんな一瞬で終わってしまうなんて！」

「これは俺の能力と一致しただけだからな。他の依頼じゃそう簡単にはいかないと思うぞ」

たとえば配達系の依頼なんかは、土地勘《かん》がない俺には厳《きび》しい。だいたいは、この街に住む子供なんかが請《う》け負うことが多いようだ。

「よし、じゃあ依頼人に報告に行くか」

「はい」

イリンを連れて報告のために依頼人を呼びに行く。

しかし、あまりにも早すぎたのと、文字通り何も残っていないので、かなり驚かせてしまった。

冒険者の秘密だと伝えると、向こうもそれ以上は詳しく聞いてこなかったが……やっぱり驚かれるよな。

「……このままギルドに行くと目立つと思うか？」

「おそらく、その可能性はあるかと思います」

「だよなぁ……」

今回の仕事は、普通なら丸一日かかる筈のものだ。それをこんなに早く終わらせれば受付の人に驚かれ、ともすれば依頼の達成を疑われるかもしれない。

俺は「あれ？　俺なんかやっちゃった？」なんて言いたくない。

でも、この後の時間はどうしようか？

新しく依頼を受けるにはギルドに行かなくちゃいけないけど、そしたら説明しないといけない。でもそうすると騒がれて目立つかもしれない。でも行かないと新しい依頼が……と、思考が無限ループしかけたところで、一つの考えが頭をよぎった。

——別にこの街で鉄級から上がる必要はないんじゃないか？

そう。何もこの街にこだわる必要などないじゃないか。

この依頼だって、一週間の縛りのせいで資格を取り消されるのが嫌だったから受けただけだ。イリンの故郷に向かう道中に寄った街で依頼をこなしていけば資格は取り消されないし、そのうちランクも上がる筈だ。

銅級の者しか入れないという食事処は気にならなくもないが、だからといって無理して今上げることはないのだ。どうせいつかまた来ることになるだろうし、その店についてはその時にでも行けばいい。

そう思い至《いた》り、この街に留まらない方向で考えがまとまり始めた。

「イリンはこの街に何か用があるか？」

「いえ。ありません」

「そうか。なら明日は一日自由行動にして、明後日《あさって》にでもこの街を出て次に向かおうと思うんだが、それで構わないか？」

「はい」

イリンは例の食事処をちょっと楽しみにしてたようだけど、文句も言わずに付いてきてくれるみたいだな。

とりあえず今後の方針は決まったので、他に必要なものや買い忘れたものはないかをイリンと確認しながら、適当に街を散策《さんさく》しつつ買い足していく。

そうしているうちに日が暮れ始めなかなかいい時間になったので、俺たちはギルドに向かった。

「あら？　もう終わったんですか？」

「ええ、それほど量があったわけではなかったので」

受付嬢は俺たちの姿を見て、目を丸くした。

あの依頼を二人で――イリンは幼いから実質俺一人で、しかもこの時間に終わらせたと思って驚いているのだろう。

実際に俺が一人で終わらせたので間違いではないが、終わらせたのはもっと早かったと言っても信じてもらえないだろうな。

　というか、俺が収納魔術を使わなくても、イリンなら一人でどうにかした気がするのは気のせいだろうか？

「依頼は達成でいいんですよね？」

「あ、はい。もちろんです。あといくつかの依頼をこなしていただければ昇級点がたまりますのでそうすれば銅級冒険者となります。頑張ってくださいね」

「ありがとうございます……ところで、街の外の依頼は鉄級じゃ無理なんですよね？」

　俺の言葉に、受付嬢は首を傾げる。

「はい。外の依頼は銅級からとなりますが……何かおありですか？」

「ああいえ、特に何かというわけではないのですが、私たちは旅の最中でして。せっかくなら移動途中に依頼をこなせないかなと」

「なるほど。でも、もし急ぐ旅でないのなら銅級に上がった方がいいと思いますよ。そうすれば予定外に次の街まで時間がかかっても登録解除の心配もありませんし、あなたの言うように移動中に街の外の依頼も受けられますから」

　そうは言うが、やはりこの街を出るという俺の意思は変わらなかった。

「そうですね。考えてみます。助言ありがとうございました」

「いえ、またいつでもいらしてください」

受付を離れてさあ帰ろう、と出口に向かったのだが……そのまま帰ることはできなかった。

「おい！　お前！　待ちやがれっ！」

聞き覚えのある声が背後から聞こえたからだ。

振り向かなくても分かる。この声は、昨日会ったイリンの知り合いのウースだ。

少しうんざりしながら振り返ると、思った通りウースがこちらを……というか俺を睨みつけて立っていた。

「なんの用だ？　犯罪者」

「うるせえ！　俺は犯罪者じゃねえ！　もう昨日の修繕費《しゅうぜんひ》は返し終わったからなっ！」

俺が若干の苛立ちを込めて言うと、ウースは先ほどよりも強い憤《いきどお》りを露わにして叫んだ。

まあギルドとしても理由を知っているから、修繕費さえ払ってくれればそこまで問題にするつもりはないんだろう。

けどそうか。もう返し終わったのか。冒険者は貯金《ちょきん》がほとんどないイメージだったから、こんなに早く返せるとは思わなかった。

「……それでなんの用なんだ？」

「決まっている。俺と決闘しろっ！」

めんどくせぇ。そう思ってしまった俺は悪くないと思う。

断りたいけど、どうせ断ったところで諦めないだろう。

決闘を受けても勝てるだろうけど、その場合は遺恨《いこん》が残りそうだ。

イリンが故郷に戻った時のために、できるだけウースとは仲良くしておきたい。もう無理そうな気がしないでもないけど、努力する意味はあると思う。

「俺は明日この街を出たら、イリンを故郷に連れていく。お前が俺より早く里に着いていたら、決闘を考えてやってもいい」

「何⁉　なんでだ⁉」

なんでって何がだよ。俺がイリンを故郷に連れていくことがか？　そんなに不思議か？まあイリンが奴隷だと思い込んでいるんだから、不思議に思うのもそうかもしれない。

「どうする？」

「……俺が先に着けば決闘するんだな？」

「お前が俺より先に着けると思ってるのか？」

あくまで決闘するという言質《げんち》を取らせずに俺がそう挑発すると、ウースは体をぷるぷると震わせた。

そして……

「その言葉、覚えておけよ」

そう言い残して去っていった。

実際には、俺たちは明日ではなくて明後日旅立つつもりだが、明日の自由行動の邪魔をされたくはないので一日早く伝えた。

それに、そもそも俺たちは急ぐ気はないので、ウースの出発が早くても遅くても結果は変わらない。ウースの勝ちだ。

里にはウースの方が早く着くが、それでいい。イリンが帰るにあたって、伝令の代わりとして使わせてもらおう。

そうすればイリンのことを受け入れるにしても追い出すにしても、向こうの対応が分かる。

決闘は、まあ、どうにかしよう。

「俺たちも帰るか」

「はい」

翌日は自由行動ということで、俺はイリンと別れて街をぶらついていた。

「やりたいことをやっている時が一番かっこいい」

イリンはそう言っていたけど、俺の『やりたいこと』とはなんだろうか。

どうすればイリンの言うように『かっこよく』生きられるのだろう。

あの時は魔族を倒すことがやりたいことだったけど、それはもう終わった。なら次は何をする？

……一応、この世界を旅してみたいとは思っている。

だけど今のまま追っ手に怯え、逃げているような状態で旅をしたとして、それは本当に『やりたいこと』と言えるのだろうか。

考えながら街を歩いているとお腹《なか》が空《す》いてきたので、途中で屋台で買い食いをしながら街の景色を見て歩く。

「こんにちは。一つください」

そうしていると、まるで本当に異世界の住人になったようで少しだけ気分が高揚《こうよう》した。

まるでも何も、実際に異世界に来ているのだが。

しかし、そうして少しだけではあるが上向《うわむ》きになった気分が、不意に邪魔された。

「――やめ……たす……」

そんなほとんど聞こえない、そのまま街の喧騒《けんそう》にかき消されてしまうような微かな声が、勇者として強化された耳に入り込む。

そのまま無視することもできた。

実際、国境からさして離れていないこの場所で自分から面倒ごとに首を突っ込む必要はないと、それまで通りに歩こうとした。

でも、できなかった。

本当にこのまま見捨ててもいいのか？

そんな思いが頭をよぎる。

自分の中でも考えがまとまらないまま、俺は声のした方へと走り出した。

声のした方向へ進んでいると、言い争う声が大きくなってきた。

そして突然の声が聞こえなくなり、今度は怒声《どせい》と何かの金属が激しくぶつかる音が聞こえた。

先ほどまでは聞こえてこなかったのはおそらくはまだ暴力にまで発展していなかったからだろう。

だがそれもついに始まってしまった。

その場所は路地裏《ろじうら》や貧民街と言うほどではないが、街の奥まった場所にあった。

「オラッ！」

「ガッ‼」

俺が着いたタイミングで、ちょうど争いに区切りがついたようで、全身鎧を着た者が、倒れ込んだところだった。

他にも数名、鎧を着た者が倒れていて、チンピラらしき男たちに、足蹴《あしげ》にされていた。

周りには人家があり遠巻きに人が集まっていたが、誰も鎧の者たちを助けようとはしていない。誰も進んで関わり合いたくはないのだろう。

「オイオイどうしたよ。俺たちを倒すんじゃねぇのかぁ？」

「ガッ！」

男たちが喋りながら蹴りを入れていき、その度《たび》に苦悶《くもん》の声が漏れる。

助けようと思ったが、下手に関わってもし鎧の人たちに非《ひ》があったのだとしたら、俺が悪者になってしまう。

そう自分に言い訳して、動き出そうとした体を抑え込む。

……ここまで走ってきておいて今更何を言っているんだ、とも思うが、それ以上は動けなかった。

「そんな傷も汚れもついてねぇ、ピカピカな鎧を着てる護衛なんざ、怖くもなんともねぇんだ、よっ！」

だが、俺が無様《ぶざま》に迷っている間にも、鎧の者たちは痛めつけられていく。

護衛という言葉からして、誰かを守っていたらしい。

見回せば、蹴られている護衛から少しだけ離れた場所に、倒れ込んで男に背中を踏まれている獣人の少年がいた。

「やめてください！　なぜ！　なぜこんなことをされるのですか⁉」

背中を押さえつけられた状態で少年がそう叫ぶ。

「うるせえよ！」

「うぐっ」

だが、背に乗っている足に体重をかけられて、少年は苦悶の声を上げた。

「お前らみたいな獣が、綺麗な服を着て美味い飯を食ってるなんざ、おかしいだろ。獣は獣らしく、服なんか着てねえで地べたを這《は》いつくばってりゃいいんだよ！　この人間もどきが！　お前らみたいなのがなんで生きてんだよ。気持ちわりい」

顔を顰めたくなるような男たちの言葉で、なんとなくではあるが事情は分かった。

この国は亜人の迫害をしていないが、それでも差別思想を持ったものは一定数いる。

迫害するくらい嫌いなら、隣なんだから王国の方に行けばいいじゃないかと思うが、そういう奴は移動する金がないか、亜人を虐《しいた》げて優越感《ゆうえつかん》に浸りたいかのどちらかだ。

多分だが、こいつらは後者なんだろう。随分と楽しそうに笑っている。

鎧の者たちの方が悪いのかもしれないとも思っていたが、その可能性は消えた。

そして、目の前で行なわれている行為を止めたいと思っていながらも理由をつけて動かなかった俺は、果たして『かっこいい』のか？　そう、思ってしまった。

俺はあの時、変わろうと思ったんじゃないのか？

この騒ぎの理由は分かった。

かといって助ける理由はない……が、助けてはいけない理由もない。

見たところ、暴行を加えている男たちをまとめて相手したとしても、俺ならば問題なく対処できる筈だ。

ならば、あとは俺の気持ち次第ということになる。

――やりたいことを、か……。

そう心の中で呟いて、俺は騒ぎの中心に向かって歩き出した。

「そのあたりでやめておけ」

俺の言葉に、男たちがこちらを振り返る。

「あん？」

「んだよてめぇ。邪魔すんじゃねぇよ。てめぇもこいつらみてぇにされてぇのか？」

「つーか、おめぇ人間じゃねぇか。なんでこの化け物ども庇おうとしてんだ？」

化け物、か。俺としては全然そんな風には見えないんだけどな。

むしろ相手が亜人だからと、自分勝手な暴力を振るうこいつらの方が気持ち悪い。

……ああ、そうか。

自分の好きなように生きるといっても、それはなんでもしていいってことじゃない。

自分の好きなことを好き勝手にやるというのなら、それはただの無法者であり、犯罪者だ。

それがコイツらであり、コイツらのようになってはいけない、なりたくないと思った。

好きなことをしているんだろうが、コイツらがかっこいいとは到底思えない。

コイツらみたいにならないようにするためには、イリンが俺に言ってくれたように『かっこよく』なるには、どうすればいいのか。

——信念。

考えていたら、そんな言葉が頭をよぎった。

信念、か。なるほど。この状況に即したような言葉で言えば、『正義』と言ってもいいかもしれないな。

大げさで気恥《きは》ずかしく感じるが、自分にとっての信念を、正義を貫いていくことができたのなら、それは『かっこいい』のではないだろうか。

自分の『正義』を行なった結果、周りから嫌われるかもしれない。お前は間違っていると糾弾《きゅうだん》されるかもしれない。そして、その果てに無残《むざん》に殺されるかもしれない。

でも、たとえそうなったとしても構わない。

面倒だからと逃げてたらかっこ悪い。

何があっても、どんな時でも、誰が相手だとしても、自分の心を裏切らず、自分の定めた『正義』を貫き通すことができたのなら、正しいと思ったことを正しいと言えたのなら、それはとっても『かっこいい』のではないだろうか。

もし、そんな風に生きることができたのなら、俺はこの世界で胸を張って生きていける。

そんな気がする。

「助けたいと思ったから助けるんだよ。何か問題があるか？」

だから俺は、俺にとっての『正義』を行なおう。

正義云々《うんぬん》について考えるだなんて、すごく子供っぽくて恥ずかしい気もするが……どうせ今の俺はかっこ悪いんだ。そこに一つ二つ恥ずかしいことが加わったところで、何も変わりはしない。

そう思って内心で笑っていると、男が怪訝《けげん》そうにする。

「助ける？　お前がコイツらを？　そりゃあ俺たちを相手にするってことかよ？」

「その通りだが？」

俺がそう返すと、話している男だけでなく仲間の全員が笑い出した。

「はっ、コイツは傑作《けっさく》だ！　お前みてえなひょろい奴一人で、俺たち全員を相手にできるとでも思ってんのか？」

「思ってるさ。お前たち程度、なんの問題もないってな」

周りで笑っていた奴らも、ここまではっきり言われると流石に引っかかるらしく、俺と対峙している男と共に睨みつけてくる。

男もこのまま俺を見逃すつもりはないようで、一歩、また一歩とゆっくりと進んでくる。

「……言うじゃねえか。なら、やってみろやっ‼」

あと少しという距離になって、突如拳《こぶし》を振り上げ殴りかかってくる男。

だが、まともに訓練を積んでいない男の攻撃は、全くと言っていいほど脅威《きょうい》を感じない。

俺は拳を避けて足をかけ、男を転《ころ》ばせた後に背中を思い切り踏みつけた。

「なっ！　コイツッ⁉　がっ……」

思い切り踏みつけられた男を見て、仲間が驚いているが、そんな暇はない。

俺はすかさず身体強化の魔術を発動して近くにいた奴の懐《ふところ》に飛び込むと、学生時代に習った柔道の大外刈《おおそとが》りで背中から地面に叩きつける。

しっかりと習ったわけではないので不格好《ぶかっこう》だが、これは試合でも授業でもないんだから、効果があればそれで構わない。

ゴンッという鈍《にぶ》い音がした、まあ大したことはないだろう……死んでいないとは思う。

そのまま隣にいた奴の鳩尾《みぞおち》を思い切り殴りつけ、膝《ひざ》を突かせる。

そいつの口から漏れた吐《と》しゃ物を咄嗟に避けると、俺がさっき投げ飛ばした奴にかかっていた……かわいそうに。

「この野郎‼」

ここにきてようやく事態を理解したのか、残りの男たちが武器を構えた。

しかし俺は無造作《むぞうさ》に、一番近くにいた男に近づく。

男は不意に近づいてきた俺にどう対処していいか分からずポカンとしていたが、すぐに叫びながら勢いよく剣を振り下ろしてきた。

だが、その程度では当たらない。伊達《だて》にこの世界に来てから毎日のように、王国の精鋭である騎士たち相手に訓練していたわけではないのだ……日頃の鬱憤《うっぷん》を晴らすためのサンドバッグにされていただけとも言えるけど。

……今更だが、当時を思い出すとムカついてきたな。

その憂《う》さ晴らしをする意味も込めて、剣を振り下ろした男の顔面を殴ると、鼻と歯が折れる嫌な感触《かんしょく》が伝わってきた。

今後の生活は大変かもしれないが、この状況は自業自得だと諦めてほしい。

残っていた男たちも、焦ったのか隙だらけな状態で斬りかかってきたので、あっさりと全員倒すことができた。

……さて、コイツらはどうしようか？　衛兵に突き出すのがいいよな？　でも俺がこの場を離れるわけにもいかないし……と考えていると、まだ幼さの残る声が聞こえた。

「あ、あの！」

声をかけてきたのは、鎧の人たちの主と思われる少年だった。

「ん？　なんだ？」

解放されたとはいえまだ痛みが残るのだろう、少しふらついている。

護衛はどうしたのかと思えば、何人かは起き上がっているものの、そいつらは倒れた他の仲間を起こしている最中だった。

……護衛が護衛してなくていいのかよ。まあ、コイツらの鎧の新品っぽさを見るに、新人ぽいし仕方がないのかもな。

彼らの鎧は今の騒動のせいで汚れと傷が付いているけど、けっこう綺麗であまり使い込んでいないように見える。

だからこれだけの装備を揃《そろ》えているのにあんな雑魚《ざこ》に倒されたんだろう……それでも少し弱すぎるとは思うけどな。

でも、この少年は身なりからしてそれなりにいいとこの生まれだと思うんだけど、なんでこんなのしか護衛につけてないんだ？

……いや、気になりはするけど他人の家の事情に関わるのはやめた方がいいか。

「助けていただきありがとうございました！」

ハキハキとした大きな声で礼を言う少年だが、それが聞こえてやっと気づいたのか、護衛が慌てて駆け寄ってきた。

「いけません！　人間などに近寄っては！　今起きたばかりのことを忘れたのですか⁉」

「ですがこの方は我々を助けてくださいました。礼をしないようでは我々の恥となります」

「だとしても、せめて私たちに話をしてからにしてください！」

……どうしよう。このままいてもまた騒ぎになりそうだから、さっさと退散《たいさん》するかな。

何か言ってからの方がいいかとも思ったけど、向こうはまだ言い争いをしているので面倒にならないうちに離れよう。

少年も護衛も言い争いに夢中なようで、俺は無事、その場を離れることができたのだった。


『自分の信念を貫く』

それが俺の思ったかっこいい生き方で、その上でこの世界を旅して回り人生を楽しむというのが、俺のやりたいことだ。

今後の方針というか自分の在り方を決められたことで、さっきまでとは違い晴れやかな気持ちになった俺は、軽い足取りで街を歩く。

昨日イリンと街を回った時はゆっくりと見られなかったので、特に目的を決めずに適当に街をぶらついていく。

流石はいろんな種族が集まるだけあって雑多《ざった》だが、この雰囲気は決して嫌いではない。

離れることは決まっているが、この街をもっと好きになれそうな気がする。

昨日歩いている時はそんなことは微塵《みじん》も思わなかったが、今となってはそう感じた。

軽い足取りで進んでいると、とある店に目がいった。

獣人の道具を専門に扱っている店らしく、気になったので入ってみる。

爪《つめ》や牙《きば》の手入れに必要なものだったり、戦闘後の高揚感を抑える薬だったりと幅広《はばひろ》く置いてあったが、その中の一つに目が留まった。

そこにあったのは、なんの魔術的効果もかかっていないただのブラシ。

確か聞いた話だと、イリンの種族である狼人族《ろうじんぞく》含め、獣人の中には毛並みの良さを誇る種が多く、特に女性はその傾向が強いらしい。

イリンがブラシをかけているところを目撃したことはないが、思い違いじゃなければ王国にいた時はちゃんとしていた気がする。

以前は艶やかだった髪が今日はちょっと艶がなくなっていたので、王国を出る際に――あの国境での戦いで起こった建物の崩落《ほうらく》の時に、ブラシが壊れたかなくしたんだと思う。

昨日イリンが落ち込んでいたのも、串焼きを落としたこと以外にも、ブラシをなくしたことも原因だったのかもしれない。

獣人にとって重要なブラシがなくなり落ち込んでいたからこそ、串焼きを落とすなんていつもならやらないようなミスをしたんじゃないだろうか。

本人に聞かないことには、そんなことは分からないけど。

というわけで、とりあえず一つ買ってあげることにしよう。

もしかしたら別になくしてないとか、既に自分で買っている可能性もあるが、その時は予備にしてもらえばいいか。

そうして俺は、犬系獣人用のブラシを購入したのだった。

宿に戻り、自室の扉を開けると、そこにイリンの姿はなかった。てっきりいるものと思っていたのだけど……

まあどこかに出かけるとは言ってなかったけど、自由行動なんだしこういうこともあるだろう。

肩透《かたす》かしを食《く》らったが、すぐに渡さなければならないものでもないので、本でも読みながらイリンを待つことにした。

でもイリンが帰ってくるまでそれほど時間はかからなかった。

なんなら、俺が本を取り出して読み始めた瞬間に帰ってきた。

「あっ、お帰り」

「はい、ただいま戻りました」

「なんだか楽しそうだけど、いいことでもあったのか？」

「はい！」

少し顔が笑ってたから聞いてみたけど、思った以上に元気な返事があった。

どうしたんだろう？　と思いつつも、突っ込んで聞くのも野暮《やぼ》なのでそのままスルーして、自分の用事を済ませることにした。

「イリン、ちょっといいか？」

「はい。いかがなさいましたか？」

「これを」

さっき買ったブラシを差し出せば、受け取ったイリンは困惑の表情を浮かべる。

「えっと、あの……これは？」

「前にも言ったが、俺はお前に感謝しているんだ。だから言葉だけじゃなくて、形に残るものでそれを示したいと思ってな……そんな高価なものじゃないんだけどな」

俺がそう言って苦笑いをしていると、イリンは慌てたように首を横に振った。

「そんな！　本当に、このようなものをいただいてもよろしいのですか!?」

イリンは大きな声を出して、興奮を隠すことなく喜びを露わにした。

「他にも、俺にできることなら言ってくれれば、できる限りのことはするよ」

「……あ、あの、でしたらこれを！　……これを私に使ってはいただけないでしょうか」

イリンは貰ったものをその場で使ってもらうという、定番といえば定番な願いを口にした。俺が見たことがあるのは二次元の中だけなので、現実でも定番と言えるのかは分からないけど。

「そんなことでいいならいくらでも」

俺はブラシを手に、目の前に座るようイリンに示す。

「じゃあ始めるぞ」

「は、はい！」

イリンは緊張《きんちょう》した面持《おもも》ちで背筋《せすじ》を伸ばしながら返事をするが、その様子に思わず笑いが漏れる。

他人の髪をすくなんて初めてだし、少しどころかだいぶ恥ずかしいけど、イリンが喜んでるみたいだから……まあいいか。

ブラシをかけ終わった俺たちは、夕食を終えるとやることがなくなってしまった。

とはいえ、せっかく時間があることだし、気になっていたことについて考える。

それは、俺が戦った魔族についてだ。

目を瞑り、思い出すのは先日の魔族との戦いでの出来事。

あの時俺は、収納魔術で奴の刃を弾いて隙を作り、反撃をする筈だった。

しかし実際には、なぜか奴の腕が消えてしまった。結果として隙はできたが、腕が消えた理由を解明しなければ、いざという時に問題が生じる可能性がある。

といっても、あの現象の正体はおおよそであるが予測が付いている。

おそらく、収納魔術でできた空間内に中途半端《ちゅうとはんぱ》に入った状態で、強制的に魔術が解除されたことで、収納の内側と外側が分断されたのだ。

収納空間との繋がりが消滅するので、物体の硬度《こうど》なんて関係なく切断することができる。

収納内に残っていた昨日の依頼の廃材《はいざい》を使って試してみたところ、微妙に抵抗があって渦を消しづらく、魔力の消費が通常よりも大きかった。

だが、できた。考えたとおりに切断することができたのだ。

こんな使い方、誰も教えてくれなかったし知識内にもなかったが……まぁ、普通にもっと効率がいい切り方もあるだろうし、誰も試したことがなかったのかもしれないな。

収納魔術の応用で、ものを切断できることは分かった。

だが一つ、大きな疑問が残っている。

それは、収納スキルも収納魔術も、『生き物は収納できない』筈だということだ。

これは城にいる時に色々試した結果だから、この前提条件は変わらないだろう。

そうなると、魔族の腕を切断できた理由として、二つ可能性がある。

一つ目は、俺の能力が進化して、生き物でも収納できるようになったという可能性。

これはまあ、そうであったら嬉しいという願望も入っている。能力が進化しているんだったら今後も更に役に立つだろうし。

二つ目は、魔族が『生き物ではない』という可能性だ。

実際に腕を肩のあたりまで収納できたということは、そう考えてもいいだろう。

魔族を間近《まぢか》で見た感想としては、アレが生き物ではないというのは到底考えられないのだが……俺の能力が進化していない場合、それ以外の可能性は考えられなかった。

……ともかく、一つ目の可能性を実験してみないことにはなんとも言えない。

さっそく確認してみるか。

調べる方法は簡単、実際に収納魔術を使って、そこに手を入れてみればいい。

通常なら、術者である俺の腕は肘のあたりまで入り、イリンは指先すら入れることができない。

俺の腕が深く入るようになっていれば、あるいはイリンの指が少しでも入れば、能力が進化したと見ていいだろう。

俺は収納魔術で渦を生み出し、腕を入れる。

問題なく中のものを取り出せることを確認しつつ、より奥の方へ腕を突っ込んでいった。

さて、どうなるか……

「……まあ、予想通り、か」

俺の腕は、肘あたりまで突っ込んだところで進まなくなった。

やっぱり能力の進化はしてなかったか。少なからず期待していたので、ガッカリ感がある。

俺は気を取り直して、イリンの方を向く。

「イリン。ちょっといいか？」

――が、これも予想通りで、イリンの指先は渦に触れた瞬間弾かれた。

となると、やっぱり二つ目の可能性の方か。

魔族は生き物ではない。

そんなバカなと思いつつも、改めて考え直してみる。

そもそも生き物の定義とは何か、みたいな難しい話は置いといて、生きていないのに生きているかのように動くものとしてパッと思い浮かんだのは、二次元でよく見るロボット――アンドロイドだ。

もっとも、魔族の体は機械のようには思えなかったし、腕を生やすなんて魔法みたいなこと、ロボットにできるとは思えない。

だがここは、日本ではなく本当に魔術なんてものがある世界だ。

だとしたら、魔族という種族は、魔術によって生み出されたロボットのような生物もどきということか？　それで、収納のリミッターとなっている『生き物』に当てはまらなくなっている、とか？

魔術で生み出された人工生命もどき。それが魔族の正体なのであれば、俺は魔族に対して切り札《ふだ》を持っていることになる。

収納魔術で体を切断できるし、直接触れば、スキルの方で収納することもできるかもしれない。

この考え方が正しいとしたら、そもそも魔族を生み出したのは誰で、どんな目的があるのかという疑問が生まれるが……まぁ、そんなことは今考えていても仕方ないか。

魔族を作ることのできる存在がいて、そいつが何かをしている。そのことだけ覚えておけばいいだろう。

あとは準備だな。何かあった時のために最低限、逃げられるように準備だけはしておこう。


翌日、俺たちは街を出て、イリンの故郷を目指して街道を進んでいた。

宿を引き払う際に、従業員の女性たちから向けられたあの目はなんとかしたかったが、もう出て行くんだし、と気にしないようにした。

いつかまた泊まる時が来たら、その時は誤解されないように気をつければいい。その時が来るかは分からないけど。

そんなことを考えながら進む俺だったが、一つ実験したいことがあった。実験というよりは、確認か？

実は収納魔術での防御は、魔族戦の時に思いついたぶっつけ本番だった。

なので今回の旅の間に、適当な魔物と戦って、盾としての性能と使い勝手を調べようと思っていた。

「――さて、イリン。これから森に入るが、打ち合わせ通りに頼むぞ」

「……本当に実行するのですか？　変更されることは――」

「ないよ。作戦の要はお前にも見せたし、一応納得もしただろ？」

作戦というのは、俺が盾役として敵の攻撃を防ぎ、イリンが仕留《しと》めるというものだ。

そもそも俺は、ハウエル王国で勇者たちと行動している時には、基本的に盾役をやっていた。そのため、攻撃よりも守りの方が得意なのだ。

それに対してイリンは持ち前の身体能力を発揮《はっき》しての攻撃が得意。

となれば、俺が防いでイリンが攻めるというのは自然だろう。

だいたい、盾としての性能検証なんだから俺が盾役にならなきゃ意味がない。

「それは……そうですが……」

「心配するな。危険な敵の見極めくらいできるさ――それにそんなに心配なら、俺が初撃を防いだ後に、二撃目が来る前にお前が倒してしまえばいいだろう？」

「――かしこまりました。全力で参ります」

俺の言葉に、イリンは何かを決意したように力強く宣言した。

「まあ、俺が警戒しておくから、戦いの回数自体もそんなに多くないと思うしな」

そう伝えるも、イリンの態度は変わらなかった。

無茶しなければいいんだが……注意しておくか。

森に入った俺たちは、辺りを警戒しながら歩いていく。

魔力による探知を発動しながら歩いていると、前方に魔物の反応があった。この感じは初めての魔物か？　今まで感じたことがない感触だ。

イリンに合図してから、音を立てないように止まる。

「この先に魔物がいる。数は一匹。作戦通りに行くぞ」

「はい」

イリンの力強い返事を受けて慎重に進むと、その先には鹿がいた。

当然、ただの鹿ではなく鹿型の魔物だ。

その鹿の角は、自身の顔を覆《おお》う盾のようになっていて、しかも正面に鋭い棘《とげ》が突き出ていた。

知識によると『スパイク・ディア』。突進を主な攻撃手段とする魔物だ。

基本的に四足動物型の魔物は、突進を攻撃のベースにすることが多い。

今回の実験にはもってこいなので、いきなりこいつと遭遇できたのはラッキーだったな。

「よし。じゃあやるか」

落ちていた石を拾って魔物に投げると、こっちに気づいたようで、キュイイィイと鳴きながら突っ込んできた。

普通、動物はもっと警戒したり逃げたりするもんじゃないのか、と思うけど、あれは魔物だしこんなものだ。

俺は突っ込んでくる鹿の魔物を前に、右手を前に突き出し覚悟を決める。

イリンには何も問題はないって言っておいたけど、本当に大丈夫かは分からない。

魔族戦では『盾』にはならなかったし。多分問題ないとは思うが……

まあいい。いくか。3・2・1――

「ゼロ！」

俺の前には収納魔術の入り口である黒い渦が現れた。

予想通りなら突進を弾いてくれる筈だが、万が一に備えて身構える。

しかしこの方法、正面に渦を出すと向こう側がよく見えないのがネックだな。

あの突進の速度ならそろそろぶつかるが……なぜかその様子がなかった。

首を傾げていると、ズシンッと何かが倒れ込むような音がした。

渦にぶつかった感触、なかったよな？

そう思って渦の横から顔を覗《のぞ》かせたら、首から血を流し地面に転がる鹿の魔物と、その傍《かたわ》らで血に濡《ぬ》れた剣を持って立ち尽くすイリンの姿があった。

「……何してんだ？」

どういう状況なのかなんとなく理解はできたが、とりあえずそう聞く。

するとイリンはビクッ！　と体を震わせた。

「まだ俺の『盾』に当たってなかったと思うんだけど？」

「申し訳ありませんでした！」

イリンが鹿の魔物から流れ出た血だまりの中で土下座をするが、せっかく買ったばかりの新しい服なんだからやめてほしい。

「……まあ、立て。ひとまずはこの場を離れよう」

「……はぃ」

これだけ血が流れていると、他の魔物が寄ってきかねない。

俺は鹿を回収して、イリンと共にその場を離れた。

「とりあえず立ってこれを使え。洗浄《せんじょう》の魔術具だ」

場所を移した直後にまた土下座し始めたイリンに、石のようなものを渡す。

イリンがおずおずと受け取って魔力を流すと、魔術具から水が溢れ出てきてイリンの体を這《は》い始めた。

「ひぅ！」

この魔術具は、スライムの核《かく》となる魔石を使っていて、血や汗など、魔物や動物由来の汚れを落としてくれる。

もちろん、動物性のものをなんでも溶かしていたら使い物にならないので、そのあたりは魔術で制限されているらしいが。

ちなみにこの魔術具は、召喚された当初、戦いで汚れた時に備えて渡された。一般にも売られているがそれなりにいい値段がするし、俺たちに渡されたのは特注品で質がよく、更に高価なものだ。

いつの間にかイリンの全身を薄く覆っていた水はもぞもぞと蠢き、再び這ってイリンの持つ石に吸い込まれるように消えていった。

石だけになってもあんな動きをするとは……さすがスライムとでもいうべきだろうか？

「ん。問題ないな。血だけじゃなく他の汚れも落ちてるみたいだし」

「ぁ、はい……」

「どうかしたか？」

「……あの、えっと、それを使った時になんだか体がぽかぽかというかふわふわして――」

なんだ？　マッサージみたいに気持ちよかったのか？

俺が前に使った時はそんなことなかったんだけど……やっぱり獣人だから、触覚《しょっかく》が敏感《びんかん》とかそういうのがあるんだろうか？

ちょっと気になるけど、それを聞くのはなんだかはばかられる。

そんなことより話をしておきたいこともあるしな。

「で、さっきの魔物だけど――」

「申し訳ありませんでした！」

俺が最後まで言う前に、綺麗になったばかりのイリンがまた土下座をする。話が進まない。

「それは何についての謝罪だ？」

「……ご主人様の作戦を、守らなかったことです」

「そうか、分かってるならいいよ――でも、もう少し俺の実力を信用してくれないか？」

「……はい」

「じゃあ行こうか」

そうして俺たちは再び進み始めた。


次の魔物とは割とすぐに遭遇できたので、再び収納魔術の実験をすることにした。

今度はイリンにちゃんと言い含めておいたので、無事に敵の突進を収納魔術で防御することに成功した。

魔物が黒い渦にぶつかると、衝撃と共に魔物の首が折れる。

そしてそれで絶命《ぜつめい》したのか、そのまま崩れ落ちるように渦の中へと収納されていった。

魔力の消費も通常通りだし、やっぱりこの方法は有用みたいだな。

実験が問題なく終わったということで、俺たちは森を抜けて元々進んでいた街道へと戻ったのだった。

第5章　狼人族の里

俺たちはイリンの故郷を目指して街道を進む。

目的地がどのあたりにあるのかはわかっているから、やろうと思えば街道を無視して森を突っ切り最短距離で進めるけど、せっかくなので堂々と普通の旅をしたかった。もちろん、ハウエル国からの追っ手も警戒するけど、そこまで神経質にならなくていいだろう。

もしかしたらウースのようにイリンのことを捜している人もいるかもしれないので、村や街に寄りながら旅を続けていく。

街道を進み、村に到着し、適当に話をして宿に泊まり、宿がなかったら納屋《なや》を借りて眠る。

決して快適とは言えないが、日本にいた時には体験できなかったことに興奮し、楽しみながら旅は続いた。

立ち寄った村のほとんどは、排他的《はいたてき》ではあったが、それも最初だけで話しているうちにそれなりに打ち解けることができた。だがそれは俺のことを気に入ったとかではなくて、イリンを気にかけてのことだろう。

話を聞いているうちに分かったことだが、ギルド連合国の中でも獣人の治める国に比較的近いここら辺の村は、住人の大半が純粋な人間種ではなく獣人種の血が入っているらしい。

また言語についても、基本的には人間種の使う言語がメインだが、獣人の言葉を使うことも多いそうだ。そのあたりは知識の中に獣人の言葉があったから、なんとかなった。

ともかく、過去には獣人の血が入っていることで不当な扱いをされたこともあり、初めて見る人間を警戒する者がほとんどだそうだ。

ただ、俺は獣人《イリン》を連れていたので『敵』と判断されることは少なかった。

とはいえイリンには首輪がついているし、獣人を奴隷にする『敵』には見えないのか？　と聞いたこともある。

その答えは、綺麗な服と装飾品をつけて、大切にされているのが分かるし、本人も主《俺》を慕《した》っているのが分かるからそうは見えない、というものだった。

一応この国にも奴隷制度はあって、奴隷はひどい扱いを受けることが多いらしい。

そんな中で俺とイリンを見たら、そういう感想になるのも納得だった。

最初はあれだけ、どうやってイリンから離れようかなんて考えていたのに、ここに来てイリンの存在が重要になってくるとはなんて皮肉か。

しかしながら当然、全ての場所がそうとは限らない。

あくまでも敵と判断されることが少ないだけで、とある村では、イリンの首輪を見て不快な顔をし、俺に突っかかってくる奴もいた。

そいつはイリンと同じように犬っぽい耳が生えていたが、その顔は決定的に違った。イリンは人間の姿に耳と尻尾がついているのだが、そいつはそのまんま犬の――本人曰く狼の顔をしていたのだ。

とはいえ同じ狼系だから、イリンの知り合いだったとか、誰かに頼まれて捜していたのかと思ったが、どうやら違うらしい。

話を聞いてみると、単にイリンが奴隷として扱われていることに腹を立てただけのようだった。

それが分かったので平和的に話《こぶし》し合《で》いをしたら、仲良くなることができた。

この世界は荒っぽいので、魔術でも治らない傷を負ったり死んだりしない限りは平和的なうちに入る。

話をしたところ、どうやらそいつは冒険者らしく、金級とそれなりに高位だった。

二つ名などはないらしいが、それは村の周辺の依頼しか受けないからつかないだけで、本気で冒険者として活動すればもっと有名になっている――と自分で言っていた。

そして、いきなり絡んだお詫《わ》びとして、その村周辺の色々なオススメポイントを教えてくれた。

綺麗な泉や珍しい花、高品質の素材など、見てみる価値のあるものばかりだった。

森の中だったり、魔物の巣の近くだったりとそれなりに戦闘力がないと危険な場所ではあったが、イリンは楽しそうにしていたのだった。


そんなこんなで、イリンの故郷を目指す旅は順調に進んだ。

ギルド連合国から獣人国に入り、それからまた数日旅を続け、ハウエル王国を出て十日ほどで、ようやく狼人族の里に着いた。

里はとりあえず周囲を柵《さく》で囲われているが、あれじゃあ敵に対する防御力など皆無《かいむ》に等しい。

イリンに聞いたところ、あれは防衛のためではなく目印のようなものらしい。基本的にここの里の大人たちは全員が戦士として戦うことができるので、防壁など必要ないという考え方のようだった。

そんな狼人族の里に近づいていくと――

「おい！　お前何してたんだよ！」

里の入り口にあたる場所で、ウースが汚れた格好で待ち構えていた。

……なんであいつはあんなボロボロなんだ？　もっとまともな格好をすればいいのに。

実際俺たちと会った時は、しっかりした格好をしていたんだし。

いや、よく見ればウースの服って、俺たちと会った時に着ていたのと同じやつか？　もう一週間以上経っているのになんで着替えていないんだ？

……もしかしてウースは、自分がここに着いてからずっと俺たちを待っていたのか？　俺たちとすれ違いにならないように、着替えもせずに？

だとしたら悪いことをしたかな？　……いや、そうでもないか？

「俺はもうとっくに――」

「イリン！」

ウースはこちらを睨みつけ言葉を続けようとしたが、その言葉は遮られた。

遮った声の持ち主――薄緑色の長い髪をした女性が、イリンの名前を呼びながら駆け寄ってくる。

その姿を見て、イリンが叫んだ。

「――お母さん！」

近づいてくるのはイリンの母親らしい。

ウースとイリンの母親の声を聞いた他の住人も、なんだなんだと近寄ってくるが、誰一人としてイリンが戻ってきたことに批判的な声を上げなかった。

よかった。この様子なら、イリンが村を追い出される心配はないだろう。

「イリン！」

「お母さん！」

涙を流しながら駆け寄ってきた母親に抱きしめられるイリン。

「どれだけ心配したと思ってるのよ！　――よかった。帰ってきてくれたのね」

「えっと……心配かけて、ごめんなさい」

「本当に、本当に心配したんだから！　でも、ちゃんと帰ってきてくれた。おかえりなさい。イリン」

そう言われてやっと帰ってきた実感が湧《わ》いたのか、イリンは母親の胸に顔をうずめ、声を上げて泣き出した。

しばらくそうしていた二人だったが、イリンが落ち着いたあたりで立ち上がる。

「さあ、家に帰りましょう。お父さんも心配してるわよ」

「うん！」

イリンは母親と家に帰りそうだな。

久しぶりの再会で話したいことも山ほどあるだろうし、俺はどこかの宿に泊まることにするか。これまでの経緯《けいい》とかは、後日でも構わないだろう。

……いや、このまま何も言わずに里を離れた方が、イリンのためになるんじゃないか？

イリンの親には説明が必要だと思うけど、それは手紙でも書いて届ければ事足《ことた》りる筈だ。

俺に付いてこず、元の暮らしに戻った方がイリンも幸せに決まっている。

それに実のところ、今ではイリンと離れ難い気持ちも多少生まれていた。それがどんな理由からかは自分でも分かっていないが、あの子のことを大切に思っているのは確かだ。

こんな状態で話をしたら、ますます離れ難くなってしまう。

イリンの母親がイリンの手を引くのを見て、俺はその場から去ろうとする。

しかしイリンは、その手をするりと抜けて俺の元へと近寄ってきた。

「お待たせしました。私の家にご案内します。ご主人様！」

イリンの言葉に、ピクリと顔を強張らせる母親。

その反応も当然だろう。

突然いなくなった娘が帰ってきたと思ったら、知らない男のことを「ご主人様」なんて呼んでいるんだから。それも亜人を迫害する人間種の男を。

もちろん、狼人族が人間種全体を憎んでいるとは限らないが、彼女らからしたら人間種《俺》が異物であることに変わりはない。

「……イリン。そちらの方はどなた？」

「私のご主人様です！」

イリンが再び、今度ははっきりとそう告げると、母親の眉間《みけん》のシワが更に深くなる。

おい、やめろ！　ここでそんなことをはっきり言うなよ！

イリンの言葉に、住民たちの視線が一気に俺に集まる。その全てが好意的とは言えないものだった。

イリンの母親は、イリンの首についている首輪に視線を向けてから、俺のことを睨んだ。

「……そう――お話を聞かせてもらっても、構わないかしら？」

その言葉は疑問系ではあったものの、拒絶することは許さないと言わんばかりの迫力《はくりょく》があった。

イリンの母親から溢れ出す殺気。

普段であれば、俺に敵意や殺気が向けられると、すぐにイリンが戦闘態勢になって俺を守ろうとするのだが、今はそんな様子はない。

おそらくイリンの母親の殺気は、全て俺にだけ向けられていて、一切漏れていないのだろう。そんな芸当ができるなんて、とんでもない猛者《もさ》としか思えない。

「……ええ。もちろんです」

「そう。なら話してもらえる？」

「……その前に、一度家に案内してもらえませんか？　イリンも早く家に帰りたいでしょうし、話すなら旦那《だんな》さんも一緒の方がいいでしょう？」

「……いいでしょう」

俺が殺気に気圧《けお》されながらも提案すると、相変わらず険しい顔つきのままのイリンの母親は、背を向けて歩き出す。

俺はその後を付いていくが、イリンが俺の後ろを付いてくる。

その様子がまさに主人と奴隷の関係に見えたんだろう、俺に向けられていた周囲の視線が、さっきより強くなったように感じられた。


「あら、おかえりイーヴィン。後ろの方は……？」

イリンの母親に先導されて着いた家の中に入ると、女性が現れた。

てっきりイリンの父親がいるものだと思っていたんだけど、見た目の年齢的にはイリンの母親の姉妹だろうか？　あまり似てない気がするけど……

それにイーヴィンって、イリンの家名じゃないのか？　そっちで呼んだってことは、この女性はただの友人か？

そんなことを思っていると、女性はイリンを見て目を丸くした。

「イリン？　えっ？　うそ、本当に？」

「はい。心配かけてすみませんでした」

「いいえ、それは構わないのだけど……本当に、イリンなのよね」

よかった、と涙を零しながら喜ぶ女性。

だが、その表情はすぐに変わった。

「え……？　……イリン、その首の……」

「それについて、これから話があるのよ。悪いけどウォードを呼んできてもらえるかしら」

イリンの母親がそう言うと、女性は一度俺のことを見て、神妙《しんみょう》な顔で「分かった」と頷き家から出て行った。

おそらくウォードというのが旦那さん、イリンの父親の名前なのだろう。

ウォードを待っている間、席を勧められ、一応茶も出されたけど、剣呑な雰囲気は変わらなかった。

多分、俺の横に座ってるイリンの尻尾が楽しげに揺れているのが原因だと思う。

奴隷にされて悲惨《ひさん》な状況な筈の娘が楽しそう、つまり完全に俺というクズに誑《たぶら》かされている……みたいなことを母親は考えているんだろう。

誰も声の一つも出さないまま時間が経ち、遂に玄関の扉が開いた。

「イリンッ！」

入ってきたのは、顔に大きな傷がある大柄な獣人の男だった。この男がイリンの父親なんだろう。

イリンの父親は厳つい見た目なのだが、娘が帰ってきたのがよほど嬉しいのか、頭の上についているケモミミがぴこぴこと動いている。

そのせいで恐怖が薄れて、なんとなくほんわかしてしまった。

「ただいま。お父さん」

「おかえり——よく帰ってきたな」

母親と同じように、イリンのことをぎゅっと抱きしめるウォード。

「ウォード」

しかしイリンの母親に呼ばれると、ハッとしたように顔を上げてそちらを見てから、イリンから離れて立ち上がり、俺のことを見て……いや、睨みつけてきた。

なんだかここに来てから睨まれてばかりな気がするが、まぁ仕方ないだろう。

同じ里に住む仲間が、しかも自分の娘が攫われて、奴隷になって帰ってきたらそんな反応もやむなしだ。

「お前が俺の娘を奴隷にしている奴か」

ウォードから放たれたその言葉には、怒りと殺気が滲《にじ》んでいる。

拳は固く握られ今にも襲いかかってきそうだが、それでも俺がまだ殴られていないのは、イリンの身を案じてのことだろう。

俺とイリンの間に結ばれている契約の内容によっては、俺のことを攻撃した瞬間にイリンが自殺する可能性もある。それを知っているからこそ、ウォードはなんとか自分を抑えていられるのだと思う。

「ウォード。落ち着きなさい。まずは座りましょう」

そう言って、さっきウォードを呼びに行った女性が彼の肩に手を置く。

「――これで話してくれるんでしょう?」

イリンの母親は、ウォードと女性が席に着いたのを確認してから口を開いた。

「ええ。イリンが――」

俺がイリンの名を呼ぶと、父親から発される敵意が高まった。どうやら名前を呼ぶのはアウトらしい。

「――失礼。あなた方の娘さんが攫われた時の状況などは分かりかねますが、私の知りうる限りのことをお話ししましょう」

俺が召喚された勇者であることは伏《ふ》せつつ、イリンに出会った時から今に至る経緯を話していく。

襲われていたところを助け、色々あって王国から逃げるために共に旅をすることになり、彼女を故郷に送り届けることにした。

首輪の効果はなくなっているが、差別の激しいハウエル王国内では奴隷のふりをしていた方が余計なトラブルに巻き込まれないのでそのままにしていただけで、外すことはできる。

かなりザックリとだが、そんな感じで話を終えた頃には、目の前の三人がこちらに向けていた敵意はすっかり消えていた。

しばらく黙っていた三人だったが、ウォードが重々しく口を開く。

「……名前は？」

「え？」

名前？　話し終えたと思ったらいきなりなんなんだ。

眉間にシワを寄せて難しい顔をしているから、てっきり何か、人間に対する暴言《ぼうげん》や悪意の言葉でも言われると思ってたんだが……

俺は内心首を傾げつつ、素直に答える。

「……安堂です。安堂彰人」

「そうか……アンドー殿。先ほどは失礼なことをした。申し訳ない」

ウォードがそう言って頭を下げると、彼だけでなく両隣にいた女性二人も頭を下げた。

一瞬面食《めんく》らうも、すぐに声をかける。

「頭を上げてください。子を持つ親としては当然のことだと思います」

子供を持ったことはないので親の気持ちというのはなんとなくこんな感じかな？　というくらいしか分からないけど、先ほどまでのウォードの怒りは理解できる。

「そう言ってもらえるのはありがたく思う。だが我々は事情も聞かないうちから、恩人であるあなたを敵と決めつけてしまった。この不義理に報いるために、何かできることはないだろうか？」

こちらとしては実害もなかったし、こうして謝ってくれたからもういいんだけど……この様子を見ていると、何かしら頼まないとダメそうな気がする。

でも急に何かって言われてもそう簡単に思いつくものではない。

強いて言うなら、泊まる場所を紹介してもらいたいというくらいだろうか？　流石にイリンが帰ってきた今日は家族で祝いたいだろうし、この家に泊めろとは言えない。

「そうですね……でしたら、どこか宿を紹介していただけませんか？」

俺がそう言うと、ウォードは予想外の提案をしてきた。

「だったら、我が家に泊まってくれ」

「いえ、宿を紹介してもらえればそれで構わないのですが」

「遠慮《えんりょ》する必要はない。イリンもアンドー殿に懐《なつ》いているようだし、是非《ぜひ》」

なんだろう、この押しの強い感じ。このままだと、いくら断っても無限ループになりそうな気がする。

まあ、泊まるのがこの家だろうと宿だろうと、俺的には大した違いはないので構わないのだけど……

でもその前に、もう一つ話しておかなければならないことがある。

「お気持ちはありがたいのですが、もう一つお話があります。私を泊めるというのはその話を聞いてから決めてください」

俺の言葉に、イリンの家族は改めて姿勢を正した。

「あなた方の娘さんの尻尾についてです」

唐突《とうとつ》に尻尾の話題になり、三人は不思議そうな表情になる。

しかし俺はそれを気にせず、さっきは詳細を話さなかった、国境砦でのことを話した。

「この地に来る途中、俺たちは建物の崩落に巻き込まれました。その時に逃げ遅れた俺を助けるために娘さんが怪我をし……傷は治したものの、完全には治しきれずに尻尾が短くなってしまいました」

「何⁉」

「イリン本当なの⁉」

驚きを見せる親たちに、イリンは立ち上がってから認識阻害の指輪を外して尻尾を見せる。

俺はスカートを捲《まく》し上げるイリンの方を見ないようにするため親たちの方を向いていたが、三人ともが痛ましい表情を浮かべるのを見て、言葉に詰まってしまった。

イリンが尻尾を見せ終わった後、再び俺の横に座ったのを見計《みはか》らって、俺は話を続ける。

「——獣人にとって尻尾はとても重要なものと聞き及んでいます。ともすれば今後の人生を狂わせてしまうほどだと。そんな尻尾を失う原因となったのは私ですが、それでもまだ家に泊めてもいいと言えますか？」

無言の時間が過ぎる。

ウォードは目を瞑って何かを考えているようだが、両隣の二人は自分から話すつもりはないようだ。

「……獣人が、尻尾が傷ついているものを見下すのは、敵から逃げたと思われるからだ。何か理由があったのだとしても、それは他人には分からないからな」

その言葉は、俺ではなくイリンに向けられたものだった。

「……だが、俺たちはお前が尻尾を怪我した理由を知った。俺たちがお前を拒絶することはないし、お前をバカにする奴がいたら俺たちが叩きのめしてやる——よくやったな、イリン。お前は俺の誇りだ」

尻尾が短くなった自分のことを誇りだと言ってもらったイリンは、ちょっと前にたくさん泣いたのに、また泣き始めてしまった。

枯《か》れ果ててしまうんじゃないかと思うほどに涙を流しているが、それだけ嬉しかったんだろう。

いや、これは嬉しかったというよりも、安心したって感じか。

そんなそぶりはなかったけど、やっぱりイリンも不安に思っていたんだろうな。

どんなに普段と変わらずに見えたとしても、心の中では何か思うところがあった筈だ。

なのに俺はイリンと距離を取るのだからと、深入りしないようにしていたせいで、そんなことにも気づけなかった。

そうしてイリンは泣き続け、故郷に帰れた安心感もあってか、そのまま眠ってしまったのだった。


「――イリンを寝かせてくるわね」

「ああ。頼む」

母親がイリンを部屋に運ぶのを見送って、ウォードは俺に向き直る。

「自己紹介が遅れたが俺――私はイリンの父親でウォード・ウルグスと言います」

そう言ったウォードはなんだか落ち着かないように顔を歪ませている。多分だが、普段はもっと違う話し方なんだろう。

「普通にしてくださって構いませんよ」

「……助かる。あまりかしこまった言葉は得意じゃないんだ。アンドー殿も気を使わなくていいぞ」

「ありがとうございます。ですがこれは癖みたいなものでして」

日本で生活していた時の癖で、初対面の人や年上の人には敬語を使わないとなんだか落ち着かない。

「そうか。まあ、好きにしてほしい」

よかった、気を悪くしなかったみたいだ。

中にはいるからな、自分が言った通りにしないと機嫌《きげん》が悪くなる奴。

「一つお聞きしたいことがあるのですが、よろしいですか？」

さっきの自己紹介で気になったことがあったので聞いてみることにした。

「ああ。なんでも聞いてくれ」

「では。娘さんと家名が違うようなのですが、それはお聞きしても？」

「ん？　家名？　そんなものはないぞ？」

何を言っているんだと言わんばかりの表情をしているが、俺からすればそっちこそ何を言っているんだと言いたい。

家名がついているのに家名でないとは一体……

お互いの認識の違いに、二人揃って首を傾げる。

「ですが名前が二つついていますよね。娘さんであれば『イリン』と『イーヴィン』の二つが」

「それは親の名――ってああ、人間は違うんだったか。我々は、基本的に家の名を持たないんだ。名前の前半のやつが自分の名で、後半のやつが自分と同性の親の名だ。イリンであれば、『イーヴィン』という母親の子供の『イリン』ということになる」

ウォードは「例外もあるから獣人全部がそういうわけじゃないがな」と最後に付け加え

ながら肩をすくめる。

なるほど。文化の違いというやつか。やっぱり召喚時に俺に与えられた知識は、完璧ではないようだな。

既に冷めている茶を飲み「ふう」と息を吐いていると、ウォードが俺を見つめて口を開いた。

「アンドー殿も疲れているとは思うが、少し付き合ってもらえないだろうか？」

「分かりました」

俺は断る理由などないので素直に頷く。

「恩人だと分かってはいるが、外でちょっと騒ぎになっているからな、長《おさ》のところに説明に行きたいんだ」

「騒ぎ？　何かあったのですか？」

俺がこの里の長に会いに行くようなことが何かあったか？

「ああ。実は俺がこの家に戻ってきた時には既にそうだったんだが……人間がイリンに首輪をつけて連れてきたと皆が騒いでいたんだ。その人間がイリンを奴隷にしていると聞いて、俺はそれを鵜呑《うの》みにしてしまってな……」

苦笑いをするウォード。だが俺はそれどころじゃない。

「確かにイリンが帰ってきたことで注目されている以外にも、首輪の件で睨まれていたのは感じていましたが、それほどですか？」

「ああ……というのも、騒いでいる奴がいてな」

わざわざ騒ぎ立てて、ここの住民を煽る奴なんているのか？

「ウースという奴なんだが知らないか？」

そういえばいたわ。律儀《りちぎ》にも里の前で俺を待ってた奴が。

「……ウース、ですか。知っていますよ」

「そうか。イリンを捜しに出て行ったままだったウースだが、先日戻ってきたと思ったら、イリンが帰ってくるって言い出してな。その時から人間に奴隷にされているって騒いでたんだ。その時も騒ぎになったんだが、ウースが里の入り口で何日待っても誰も来なくてな」

やっぱり何日も待ってたのか。俺たちはゆっくりと観光しながら進んでたからなぁ。だいぶ差があったみたいだ。

「騙されたか夢を見たんだ、なんて言われてたところにアンドー殿が首輪をつけたイリンを連れてきたものだから、再び騒ぎになったんだ」

なるほどな。でもこう言ってはなんだけど、イリン一人のことでそんなに騒ぎになるものなのだろうか？

俺の考えていることが伝わったのか、ウォードがため息をつく。

「イリンの他にも攫われた子がいてな。その子供の親たちが、イリンが帰ってきたならうちの子も、とウースの話に乗って騒ぎを大きくしているんだ」

だから長に事情を話してほしい。とウォードは言う。

なるほど、イリン以外の子供たちか……言う必要が、あるんだろうな……

イリンを見つけた時に、壊れた馬車の残骸と共に何人かの奴隷の死体があった。おそらくはあれが攫われた子供なのだろう。

気は乗らないけど、ここで何も知らないなんて言っても面倒になることは分かりきっている。

ここは素直に、長とやらのところに行った方がいいだろう。

それに、思い出してしまった以上はそのことを話さないでいるというのは、なんだか心が落ち着かない。

だから、しっかりと伝えないとな。その結果、どう思われたとしても。

俺たちは住民の視線に晒《さら》されながら、長とやらの家の前まで来た。

「ウォードだ！　例の人間を連れてきた！」

向けられる視線は決して好意的ではない。

ただ、全てが敵意に満ちているかといえば、中には戸惑《とまど》いもあるように思えた。

多分、娘を奴隷にされた筈のウォードが騒ぐこともなく俺を案内しているからだろう。

ギィと音を立てて長の家の扉が開き、一人の獣人の女性が現れた。

「……それが例の……ウォード、大丈夫なの？」

その女性は、俺のことを警戒しているのが分かった。

心配そうな声でウォードに問いかける。

「ああ、敵じゃない。むしろ、恩人だ」

ウォードの言葉を訝しみながらも、その女性は彼の首元を確認するように視線を向けた。

おそらくは俺の奴隷として操《あやつ》られているんじゃないかとでも思ったんだろう。

「――入って」

少し悩んだ様子だったが、結局俺たちを家の中に入れることにしたようで、女性は扉から離れて促《うなが》してくれた。

彼女に続いて家の中に入ると、ウォードによく似た男が座っていた。

「おう、ウォード。イリンが見つかったんだってな！　よかったじゃねえか！」

「ああ、ありがとう。ウォルフ」

快活に笑うその男性が、おそらく長なのだろう。

長というからてっきり年寄りかと思ってたんだが、ウォードとそう歳は変わらないように見える。

その長の周りには、四人の女性がいた。一人は今この家の扉を開け、俺たちを招《まね》き入れた者。それ以外に三人いるが……一体どんな関係なんだ？

まあ、今それを聞くのはあまりにも空気が読めていないか。

いずれにせよ、ウォードと長は楽しそうに話しているし、大丈夫そうだな。

俺は内心、ほっと息をつく。しかし──

「──で、そっちのがそうなのか？」

目の前の長──ウォルフが、急に威圧感を発した。まさに獣のような、激しく荒々《あらあら》しい殺気だ。

ウォードから感じた威圧感と似ているけど、獣人は皆こんな感じなのだろうか？

思わずどうでもいいことを考えてしまった俺をよそに、ウォードから訂正《ていせい》かそうじゃないのかよく分からないフォローが入る。

「そうだが、違う」

そのおかげで、ウォルフからの威圧感が収まった。それでも完全に収まったわけじゃなく、警戒しているのは分かる程度には残っている。

「あん？　どういうことだ？　イリンは首輪をつけてんだろ？」

「そのことを話すために、彼をここに連れてきたんだ」

ウォルフが訝しげにウォードのことを見ているが、ウォードは俺の方に向き直って謝罪を口にする。

「いきなり長がすまないな」

「いえ、事情は分かってますから。気にしないでください」

それでもすまなそうな顔をやめないウォード。そしてそのまま、家主であるウォルフに許可も取らないまま俺に席を勧めた。

ウォルフもそのことを咎《とが》めないので、いいのだろうと判断して席に着く。

随分と気心の知れた関係のようだけど、見た目とか似たような威圧感からして、もしかして血縁なのだろうか？

「――さて、話に来たわけですが、どうしましょうか？」

「まずは俺から話そう。そっちの方がウォルフも信じやすいだろ」

ウォードがちらりと視線を向けると、ウォルフは頷く。

「……ま、そうだな」

まずはウォードから事情説明をして、分からないことがあったら後から俺が補足《ほそく》をすることになった。

そうしてウォードはさっき俺が話したことを、自分の意見も交えて話していく。

「――そういうわけで、アンドー殿は俺の、俺たちの恩人なんだ」

「……なるほどな。なら里の連中に事情を言い含めておかねえとだな……その話が本当だったら、だけどよ」

　ああ、そういう感じか……

　ニヤリと笑いながら俺を見るウォルフの様子から察するに、何か条件があるんだろうな、きっと。

「俺の話を信じないのか⁉」

「俺は長だぜ？　弟とはいえ、操られているかもしれねえ奴の言葉を鵜呑みにできるかよ」

「それは……だが――」

　言葉はもっともらしいが、それはあくまでも建前《たてまえ》でしかないことが分かる。

　だって今までの顔つきと違って、真剣な表情の中に楽しげな笑みが含まれているから。

　そして俺はといえば、やっぱり弟だったんだなんて場違いなことを思いつつ、手を挙《あ》げてウォードの言葉を遮る。

「その言い方だと、あなたを納得させる方法があるのでしょう？」

「はっ！　話がはええじゃねえか」

　ウォルフは楽しそうに笑うと一転、今度は獰猛《どうもう》な笑みを浮かべる。

「俺の息子と闘え。それで勝てば信じてやるよ」

　やっぱり強さを信奉《しんぽう》する獣人はこうなるのが定番なんだろう。強さに従《したが》えってか？

でも、なんで息子なんだ？

この目の前の男であれば、自分が闘いそうなものなんだが……

「息子、ですか。あなたではないので？」

「あん？　ああ、俺がやってもよかったんだが、そっちの方が楽しそうだからな」

楽しそうとは一体どういうことだ？　何かあるのか？

「おい、あいつ呼んでこい」

ウォルフが側にいた女性の一人にそう言うと、言われた女性は頷いて出て行った。

おそらくは今ウォルフの言った『あいつ』を呼びに言ったんだろうけど……どんな人物だろうか？

それとさっきも気になってたんだが、いまいち目の前のウォルフと女性たちの関係が分からない。使用人って感じではない。もっと親密《しんみつ》な関係に見える。

夫婦か？　でも長とはいえ、こんな小さな田舎《いなか》の里で四人もの妻を娶《めと》るものなのだろうか？

「連れてきました」

色々考えていると、さっきの女性が戻ってきた。

「早かったな」

「ええ、すぐそこにいたから」

女性はそう言って、後ろに立っていた人物の背中を押す。

そこにいたのは、イリンを捜しに他国の街まで行ったのに、やっと見つけたと思ったらすげなく拒絶され、手をはたき落とされた挙句、この里への伝令として勝手に使われた青年。ウースだった。

「俺の息子だ。コイツのことは知ってんだろ？」

そう楽しげに笑うウォルフ。

確かに知っている。知っているが……

ウースは俺の顔を見るなり、ウォルフを睨みつける。

「親父！　なんでコイツがっ！」

「黙れ」

そのウォルフの声は決して大きくはなかった。

だがその本能的な恐怖を刺激するような威圧感のある声に、ウースはそれ以上の言葉を発することなく立ち尽くす。

「お前はここに座っとけ」

ウースは言われるがままに座るが、こちらを見る目つきは変わらない。

ウォルフがいなければ、今にも飛びかかってきそうだ。

ふとウォルフのことを見ると、さっきまでの真剣な表情は完全に消え失《う》せ、悪戯《いたずら》小僧《こぞう》のようにニヤリと笑みを浮かべている。

そしてその表情のまま、ウースに顔を向けた。

「実はよぉ。お前に頼みがあんだよ」

「……なんだよ、親父が頼みって」

「なに、そう難しいことじゃねえよ。こいつがイリンのことについて話をするのに、条件をつけてきやがってな」

おいおい、俺は何も言ってないぞ。

俺は抗議《こうぎ》の視線をウォルフに向けるが、ウォルフは素知《そし》らぬふりをして俺のことを指で差して話を続ける。

「なんでもお前ら、因縁《いんねん》があるらしいじゃねえか。お前とこいつが闘って、お前が勝つことができたらなんでも話すって言ってよぉ。だからちっと闘えや」

「本当か⁉」

そう言うや否《いな》や、ウースは立ち上がり俺を睨みつける。

「おい！　今度こそ俺と闘うんだな⁉」

「……はあ」

「なんだそのため息は！　イリンのことを解放してもらうぞ！」

なんなんだコイツは。

この勝負をやる本当の理由は、なんとなくだが分かる。

ウォルフとしては、俺の強さをこの里の住人に見せて、俺の存在を認めさせたいんだろう。

獣人は強さを重視する。強者である俺の言葉なら、里の住人は信じてくれる筈だから。

この闘いの理由を考えれば、相手が誰であったとしても構わないし、元々コイツとは決闘をすることになってたから問題はないんだが……正直、コイツが相手だと勝っても負けても面倒なことになりそうで気が進まないんだよな。

俺の目的は、イリンをこの里まで送り届けること。

それを達成したんだから、今は特に闘う理由なんてないのだ。

まあ、力のぶつけ合いというか競《きそ》い合いはなかなか楽しいとは思うけど、どうせならもっと別の機会にやりたい。

この状況を作り出したウォルフのことをチラリと見てみると、やはりニヤニヤとからかうような笑いをしながらこっちを見ていた。

俺が見たことに気づいたウォルフは、更に笑みを深めた……なんかイラッとするな。

「おい！　聞いてるのか！」

俺としてはできればウースとは仲良く、とまではいかなくとも普通の関係でいたかったんだが、もうこうなったら相手をしないわけにはいかないか。

俺が出て行った後、俺と一緒にいたからとかいう理由でイリンのことを嫌わなければいいんだけどな。

まあ俺を嫌っている理由が、イリンのことを好きな恋心の暴走なんだから、心配はないとは思うけど……

「……聞いてるよ」

俺はウースから顔を逸らし、ウォルフの方に向く。

「それで、今からやるのか？」

思わず素で返してしまったが、ここまでされるとコイツら相手に丁寧に接するのも面倒になってきたのでこのままでいいか。

「今からでもいいが、お前はいいのか？　今日着いたばかりで疲れてんじゃねぇか？」

「疲れてはいるけどこの程度なら問題ない。それにできるだけ早いうちにやっておかないと、周りが――特にコイツがうるさいだろ」

「ククッ、そうか」

ウォルフは面白そうに笑うと、一転獰猛な顔つきになって、隣に座ってたウースに顔を向けた。

「おいウース！　お前舐められてんぞ！　お前程度ハンデがあっても負けねえってよ」

……わざわざ煽るのやめてくんないかなぁ？

「ふざけるな！　お前なんかに俺が負ける筈がない！」

ウォルフの言葉で更にヒートアップしたウースを無視して話を進める。

「……場所に案内してくれ」


「ここだ」

ウォルフの先導で着いたのは、草すら生えていない開けた場所だった。

「いつもは訓練場みたいなもんなんだが、何かあった時はここでやることになってんだ」

ウォルフの言葉通り、地面はところどころ陥没《かんぼつ》して、武器によってつけられたらしき傷もある。

周囲に武装した獣人の戦士たちもいるから、ついさっきまで訓練でもしていたんだろう。

しかも、元々いた戦士たちに加え、移動中の俺たちを見かけたらしき住人も付いてきていたので、あっという間に人が集まってしまった。

闘って俺のことを認めさせるという目的からすれば、ギャラリーが多いのは喜ぶべきことかもしれない。ただ、これまでこんなに注目されたことなんてないので、緊張から顔を顰めてしまった。

そんな集まった者たちを前に、ウォルフが口を開く。

さっきウォードから聞いたばかりの事の経緯を、住人に説明してくれるのかと思ったのだが――全然違った。

「おめえら！　攫われた子供の一人であるイリンが帰ってきた！　だが、純粋に喜ぶことはできねえ。なぜならイリンには首輪がつけられていて、『ご主人様』と呼ばれている奴が連れてきたからだ。その『ご主人様』が言うには、イリンをこの里に返しに来たらしいが……そう簡単に信用するわけにゃあいかねえ！　何せ子供たちを攫ったのは『人間』で、そいつも『人間』だからな。だがそこで、その『ご主人様』と呼ばれてるそいつはこう言った。『自分の正しさを闘いをもって証明しよう』ってな！　つーわけで全員よく見とけ！　イリンの主人とやらが信用に値するのかを！　その強さを！」

ウォルフがそう言い切った途端、周囲に集まっていた住民たちから空間を震わせるほどの歓声が上がった。

「これで準備はできたな！　あとはおめえが闘うだけだ。楽しませてもらうぜ」

ウォルフはそう言ってニヤリと笑うと、俺を闘いの場へと押しやる。

そんな俺と向かい合うようにして、ウースが立った。

ウース・ウォルフ。

イリンの故郷である狼人族の里の長の息子で、イリンの従兄《いとこ》。そして幼馴染の青年。

攫われたイリンを捜して一人旅を続けていたが、ようやく見つけたイリンに拒絶され、その戸惑いと怒りの矛先《ほこさき》を俺に向けたため、更にイリンから嫌われることになってしまった。

そんな健気とも哀《あわ》れとも言える彼と、俺は対峙する。

「よーし始めんぞ」

「絶対にお前を倒してイリンを助け出してやる！」

ウォルフの気楽な声を受け、ウースは腰に差していた剣を抜き、こっちに突きつけて宣言してきた。

イリンもそうだが、人の話を聞かずに勝手に思い込んで暴走するのは、コイツらの血筋か狼人族という種族の特性なのか……

どっちにしても今更俺の被害が減ることはない。

「ああそうか。まあ頑張ってくれ」

やる気が起こらないので、剣を構えつつも適当な返事になってしまった。

それが気に入らなかったようでウースは歯を食いしばり、これでもかというほどに俺のことを睨みつけている。

「てめえら、よく見とけ！　ウース・ウォルフとアンドー・アキトがこれからイリンをかけて決闘を始める！」

「はあぁ!?」

思わず叫び声を上げてウォルフの方を振り向いた俺はおかしくない筈だ。

そんな話、さっきしてなかったじゃねぇか！　まさかあのニヤニヤ笑いの理由はこれか！

だが俺の叫び声は、ウォルフの言葉と同時に上がった歓声によりかき消されてしまった。

「おい、どういうことだ――」

「んじゃあ、始め！」

俺の意見など聞く気がないとばかりにウォルフが決闘開始を宣言すると、振り返っていた俺の背をめがけてウースが突っ込んできた。

「ッ！」

いきなりのことではあったが、この世界に来てから鍛えられた危機感知能力のおかげでなんとか紙一重《かみひとえ》でかわすことができた。

振り下ろされる剣を避け、持っていた剣でなんとか反撃を加える。

だがそれは、獣人の身体能力で軽々と避けられてしまった。

ウースから繰り出される剣戟《けんげき》を避け、逸らし、弾きとなんとか凌《しの》いでいく。だが逆に言えば、凌ぐだけで精一杯《せいいっぱい》であった。

「くっ！」

「どうした！　この程度であんな大口を叩いていたのか！」

ウースの身体能力は、勇者としての能力に強化の魔術を重《かさ》ねた俺と同等程度。

だが、この世界に来て訓練を始めてから三ヶ月も経っていない俺と、幼い時から鍛えてきたウースじゃ、純粋な技量が違う。

「ハアア！」

それに厄介《やっかい》なのが、時折放たれる風の魔術だ。

獣人は魔術があまり得意ではない筈だが、ウースから放たれる魔術の威力は一般的な魔術師と比べても遜色《そんしょく》ない。それどころか優《まさ》っているとすら思える。

「随分と魔術が得意なんだなっ！　獣人は得意じゃないって聞いてたんだがっ！」

「確かに普通の獣人はそうだろうな。でも俺たちは違う！　俺たちは特別なんだ！」

ウースの言う俺たちってのは……十中八九、この里の奴らのことだろうな。

獣人に限らずこの世界の生き物は、その者の持つ魔力の影響が外見に現れる。

それは髪や目の色が顕著《けんちょ》で、それ故に親子であっても髪の色が違うということはよくあるのだそうだ。

だというのに、この里の住民は全員が同じ色をしている。

つまりはこの里の全員が、風の魔術を得意としていると考えていいだろう。

ここに来るまでイリンが風の魔術を使っているのを見たことがないが、理由になりそうな憶測《おくそく》はいくつかできる。

一つ目は、まだ教えてもらってないから使えない、というもの。ただイリンの執念深《しゅうねんぶか》さなら、特別誰かに教えてもらわなくても、独学《どくがく》で使えるようになる気がするんだよな。

二つ目は、イリンに魔術の才能がない、というもの。あの歳であれほどなんでもできるイリンなら魔術も使えるように思えるが、逆に魔術にだけ適性がないとも考えられる。

三つ目は、ウースと同等の魔術を使えるようになるには、何か特定の条件があって、イリンはそれをまだ満たしていない、というもの。

さて、どれだ。とそこまで考えたが、そこで考えを中断せざるを得なかった。そんな余裕はなくなってしまったから。

「いくぞ！」

ガキンッ、ガキンッと金属同士を打ち付ける音が加速していく。

そろそろ攻撃を凌ぐことも辛くなり、追い込まれてきたのを感じる。

性格に多少の難《なん》はあっても、冒険者として里を出ていただけあって、やっぱり強い。

正直な話、俺はここで負けても構わないと思っている。ウォルフとの話では、俺が負けたところで特に何かあるとは言っていなかった。

仮に俺が負けてこの里の住民に認められなかったとしても、俺がこの里に留まっていられなくなるだけだ。どうせ出て行くつもりだし。

それに、スキルを使った闘いは極力《きょくりょく》見せたくなかった。これだけの人の目の中で使えば、どこから俺のことが漏れるか分からないからな。

最後にもう一つ加えるなら、俺がここで負けてしまえば、素直にイリンから離れる言い訳ができるというのもあった。

そうすれば、今もなお悩んでいる俺でも踏ん切りがつくだろう。

もう負けていいかなぁ、と思い始めていた俺の内心を見抜いたのか、ウォルフが声を上げた。

「おいアンドー！　てめえ何手ェ抜いてやがる！　このまま負けたらイリンを里から追放することになんぞ！」

「「なっ⁉」」

ウースと俺の声が重なる。

「なんでだ親父――」

「ふざけんな！　そんなことは最初に言ってなかった筈だっ‼」

今回の闘いを行うにあたってルールの説明を受けたが、そんなことは一言も言われていなかった。

俺がそのことに言及《げんきゅう》すると、ウォルフは鼻を鳴らしてから俺のことを睨みつける。

「何言ってやがる。元々この決闘はお前の闘いを見て、信用できるかどうかを確認するためのものだ。お前はこの闘いで俺たちの信用を勝ち取らなくちゃならねぇ。だっつうのに手を抜いてるなんて、そんな奴を信用できると思うかよ。そしてそんな奴の奴隷も信用できるわけがねえ。置いておいたら何するか分からねえんだから、追放するのは長として当然だろうが」

実際のところ、この闘いで勝たなきゃ俺の言ったことは信じないと言っていたウォルフだったが、既に俺を信じていることは言動から分かっていた。本当に疑っているならこんな遊びじゃなくて、もっと確実に真偽を確かめる手段はある筈だからな。

だというのに、俺がイリンを奴隷から解放していることを知っているウォルフは、そんなことをのたまう。

しかしよく考えれば、ウォルフの言うことはもっともではある。

住民のほとんどが俺のことを信じていない現状、彼の言うように考えて当然だからだ。

そして、獣人を奴隷にするような人間の関係者を置いておけば、今後どのようなことになるか分からない。里をまとめる者としては当然の判断であると言える。

だがそれを認められるかは別だ。

俺が負けることで、死にかけながらも故郷に帰ってこられたイリンが追放されるなんて、そんなふざけたことを認められるわけがない。

「でも親父！　──っ‼」

ウォルフに抗議しかけたウースだったが、その途中で言葉を止めた。

ごちゃごちゃ考えずに闘うことを決めた俺の雰囲気の変化を感じ取ったのだろう。

こちらに向かって改めて剣を構え直すウースに、俺も武器を構える。

「――負けるわけにはいかなくなった。これからは本気でやらせてもらうぞ」

「はっ！　本気を出すだと？　今まで押されてた奴が何言ってやがる！」

ウースは俺の言葉が気に入らなかったのか叫ぶ。

「親父！　コイツが負けたらイリンを追放するってなんだよ！　俺に勝つなって言ってんのか⁉」

ウースは視界に俺を収めたまま、ウォルフに問う。

だがウォルフは何も言うことはなく、ただ静かに腕を組んでいる。

「おい――」

「うるせえ！　おめえは黙って闘ってろ！」

なおも問おうとするウースに苛立ったのか、ウースの言葉を遮ってウォルフの怒声が響く。

「どうしてもイリンの追放が嫌だってんなら、そいつに勝って俺に力を見せてみろ！　もし人間の奴隷であるイリンが何かしても抑えられるだけの力があると判断できたら、追放はなしにしてやるよ」

「本当か⁉」

「ああ。ただしお前が俺を納得させるだけの力を見せることができたら、だがな」

ウースは「よしっ！」と呟くと再び俺に視線を向ける。

「ぜってぇにお前なんかに負けねえ！」

そう言って俺のことを睨みつけているウースに向かって、俺は剣を構え走り出す。

「ハアア！」

気合いの声と共に振り下ろした剣は、ガキンッという音を立ててウースの剣に阻まれる。

その後も幾度となく剣を振るうが、金属がぶつかる音が連続で響くだけで、ただの一度もウースの体に当たりはしない。

「ゥオラァッ！」

「ぐっ！」

俺が少し体勢を崩したところにウースの勢いの乗った一撃が放たれる。

なんとか防ぐことはできたものの、吹き飛ばされてしまった——だが、これでいい。

「なんだよ！　本気出してその程度かよ。さっきと変わってねえじゃねえか！」

俺の闘い方がさっきまでと全く変わっていないことに、ウースは苛立ち声を荒《あら》らげる。

「お前を倒して、イリンは俺が守るんだ！」

わざわざウースがそう宣言したのは、本気を出すと言った俺のことを多少なりとも警戒していたのを、裏切られたような気持ちになったからだろうか。

そして、さっきまでは注意深く俺のことを観察していたように思えたウースだったが、今となってはそんな感じは見受けられなかった。

だが、そんなことはどうでもいい。むしろ俺のことを舐めてくれているなら好都合だと、俺はウースに向かって先ほどと同じように突っ込んでいく。

「そんなのいくらやっても――っ⁉」

獣人としての特徴なのか、それともウースの性格故なのか、ウースは獲物《えもの》を甚振《いたぶ》るような目で言いかけたが、その言葉は最後まで言い切ることはなかった。

「剣をっ⁉」

俺が走りながら、ウースに向かって持っていた剣を投げつけたからだ。

投げられた剣はウースの顔面へと真っ直ぐに飛んでいくが、驚きつつも弾かれてしまう。いくら不意をつけたといっても、その程度ではまともに傷を負わせることはできなかった。

でも、それでいい。少しでも隙を作ることができたなら十分だ。

俺は剣を投げた直後に走り出し、ウースに突っ込んでいく。さっきまでは意図的に走る速度を抑えていたが、今度は全力だ。

剣に意識を持っていかれていたウースは、突然速くなった俺を見て、さっき以上に驚いている。

「くそっ⁉」

だが、そのままやられるほどウースは弱くはなかった。

予想外の動きをした俺に対し、即座に反応し剣で斬りつけてくる。

「なんっ⁉」

しかし俺は防御などせず、そのままウースに向かって進んでいく。このままなら、ウースの剣は確実に俺を切り裂《さ》くだろう。

切ることを躊躇《ためら》ったように、ウースの動きが一瞬鈍ったが、それでも剣はそのまま進んでくる。

そして俺の肩口に刃が当たった瞬間――まるで最初から存在しなかったかのように剣が消えた。

「……は？」

ウースはさすがに状況を理解できないのか、間の抜けた声を上げる。

俺がやったことは単純、剣が服に触れた瞬間にスキルを使って収納しただけだ。

収納スキルの強みは、触れたと認識した物を収納できること。服の上からでも俺が触れたと思えば収納できるのだ。

振り下ろした剣が、なんの前触《まえぶ》れもなく消失した。

予想だにしなかった事態に、ウースは剣を振り切った勢いのまま体勢を崩す。

――ここだ。

俺は体勢の崩れたウースの服を掴み、走った勢いを乗せて投げ飛ばした。

それは技というほど立派なものではなかったが、それでも混乱し体勢を崩している今のウースには十分だった。

ダンッ！　という音を立ててウースは地面に倒され、俺はそんな彼の首元に、奪った剣を収納から取り出して突きつける。

ウースはいまだ混乱しているようで、ポカンと口を開けていた。

その表情が少しだけイリンに似ていて、場違いにも「従兄なんだなぁ」なんて思ってしまう。

「それまでだ！　勝者、アンドー！」

ウォルフがそう宣言すると、今まで俺のことを敵視していた筈の住民たちが歓声を上げた。


「……あれでよかったのか？」

「あ？　何がだ？」

俺、ウォード、ウォルフの三人は現在、再びウォルフの家に戻ってきていた。

三人といっても、イリンの母親とイリンの家にいたもう一人の女性、それからウォルフの家にいた女性たちもいるのだが。

「住民への説明もだが、お前の息子のことだよ」

「ああ、ウースか。別にいいんじゃねえのか。あの程度で折れるようならその程度ってことだろ」

自分の息子に向ける言葉としてはいささか厳しくないかと思って顔を顰めていると、ウォルフが補足するように口を開く。

「俺たち獣人は、欲しいものがあったら力尽くで奪うのが習《なら》わしだ」

それは賊《ぞく》じゃないのか？　と思ったがすぐにウォードから訂正が入った。

「待て、それじゃあ俺たちが単なる賊と同じになる――正確には欲しいものがあった場合は決闘して手に入れろということだ。決闘で決まったことには、後から口を出してはいけないことになっているんだ」

特に女性の奪い合いはよくあることだな、とウォードは付け加える。

「それでも納得できない奴がいるんじゃないか？」

「納得できなくてもするしかない。力に従うのが俺たちの掟《おきて》だ。納得できずに何かしたのであれば――そいつはもう一族の者ではない」

そう言ったウォードの顔つきは真剣そのもので、ウォルフも心なしか硬《かた》い表情だ。

その二人の雰囲気から、一族の者でなくなることの深刻《しんこく》さは伝わってきた。

日本で暮らしてきた俺からすると厳しく感じるが、この世界では仕方のないことなんだろう。

決まりをしっかりと守らなくては生き残ってはいけないのだから、和を乱す者は排除《はいじょ》しなければならないのだ。

……たとえそれが、息子や甥《おい》であったとしても。

俺はそう納得すると、ウォルフに再度尋ねる。

「……そうか。ならそれはいいとしよう。だがお前に聞きたいことがある」

「あん？　んだよ。あらたまって」

「俺が決闘するにあたって『イリンをかけて』なんて言ってなかった筈だ。それに決闘中に言った、イリンの追放について。あれも元々のルールになかった……お前は何を考えて言ったんだ？」

獣人にとって神聖である筈の決闘。それを直前でルールを加えたり、最中に約束を入れ替えたりしているウォルフは、どうにも決闘を神聖視しているようには思えなかった。

「あん？　……ああ……あー……なんだ……まあいいか、お前らなら。決闘は確かに獣人にとっては神聖なものだが、俺にとってはそうじゃねえ。俺にとっての決闘は、ただ便利な決まり事ってだけだ」

誰にも言うんじゃねえぞ、とウォルフは言っているが、訳が分からない。

「どういうことだ⁉」

俺と同じように思ったのか、ウォードが大声を上げて問い詰める。

「まあ落ち着けよ……俺はな、決闘なんかしなくても欲しいものがありゃあ力尽くで奪えばいいと思ってる。お前は賊と同じじっつったけどよ、元々自然ってのはそういうもんだろうが。奪って奪われて。それの繰り返しだ」

「だが俺たちは人だ」

「人は自然の一部でもある」

ウォルフとウォード。二人の兄弟が睨み合う。

「……とは言っても、俺も長だ。めんどくせえが、一度引き受けた以上は里のために線引きぐらいしっかりすらぁ。決闘だって神聖なものとして扱ってやる。まあ今日はちっと悪ふざけが過ぎたかもしれねえとは思うがな——ただ自分の本質はどうしようもねえ。変えられねえし、変える気もねえ」

全く引く気のないウォルフを見て、ウォードが困惑しているのが分かる。

ウォルフは今まで、よほど上手く自分の考え方を隠してきたんだろう。

ウォードは渋面《じゅうめん》をつくりウォルフの考え方に否定的だが、俺はウォードとは違う思いを抱いていた。

周りがなんと言おうと、なんと思われようと自分の在り方を変えない。

そんな、俺が決めた生き方をまさに体現していると言えるウォルフに、少し憧れた。

そんなウォルフは、ウォードの顔をじっと見つめる。

「まあそれは置いておけ。他に話すことがあるだろ」

「……ふぅ。そう、だな……アンドー殿の今後についてもだが、その前に、まずは改めてちゃんと自己紹介した方がいいんじゃないか？　俺はしているがウォルフたちはまだだろう？」

「そうだな。んじゃまあ、やっとくか」

ウォードはまだ思うところはあるようだが、それでも呑み込むことにしたようだ。少なくとも今は。

そうして自己紹介をしていったのだが、驚いたことにウォルフに侍《はべ》っていた女性たちは、全員が彼の妻だった。

そしてイリンの家にいたもう一人の女性も、イリンの母親と同じくウォードの妻だという。

どうにも獣人の間では複数の妻を娶るのは普通みたいだ。

というのも、この世界ではほぼ常に、命の危険に晒されていると言っても過言《かごん》ではない。

そのため、女性は自分と子を守れるような強い者に惹《ひ》かれ、結婚相手を選ぶそうだ。

極端《きょくたん》な話ではあるが、それを可能とするほど強ければ、里の女性全員を娶ってもいいとか。

とはいえ基本的には妻は一人か二人であるのが普通であり、ウォルフのように四人というのはかなり多い。それだけウォルフが強いということの証明だった。

しかも、強さ至上《しじょう》主義の獣人の中で長をやってるってことは、多分里で一番強いってことなんだと思う。

もし決闘の相手がこいつだったら、負けるつもりはないが苦戦してただろうし、手の内をかなり晒すことになってた筈だ。

「んで、自己紹介も終わったしどうすっか」

「そうだな……アンドー殿のことが里に浸透《しんとう》するのには、それなりに時間がかかるだろう。それまではあまり人目につかない方がいいんじゃないか？　ウースの話を真に受けている奴もいるだろうからな」

……あいつ、どれだけ言いふらしたんだよ。

そう呆れるが、あいつはまだまだ若いみたいだし、大好きな従妹《いとこ》が攫われていたという状況を考えれば、仕方ないことなのかもなと納得することにした。

俺がそう考えていると、ウォルフが頷く。

「まっ、そうだな――つーわけで、明日には広まってると思うが今日のとこは大人しくしといてくれや」

「それは構わないが……イリン以外の攫われた子の親たちはいいのか？　こっちは説明す

る覚悟はあるぞ」

おそらく、その子供たちのことを――イリンと違って助けられなかったことを話せば、俺は責《せ》められるだろう。

たとえ彼らの命を奪ったのが俺じゃなくても、そのきっかけを作ったのは俺と同じ『人間』だ。

親たちからすれば、『人間』そのものが憎くてしょうがないだろう。

だが、それでも話すと俺は決めた。

……そう決めた筈なのに、いざ自分から言い出すとなると顔が強張ってしまう。

「あん？　……それは明日以降になるが……いいのか？」

ウォルフはさっきまでのふざけた様子を微塵も見せず、心の底から俺に気を使っているように見える。

それが少しおかしくて、強張っていた表情が少しだけ緩むのを感じた。

「ああ。言ったろ。覚悟はしてるって」

「そうか。なら後で機会を作る。そん時に頼むわ」

「分かった」

「知らせを出す場所はウォードんちでいいのか？」

ウォルフの言葉に、ウォードが頷く。

「ああ。娘の恩人だ。精一杯もてなしさせてもらうさ。妻もそのつもりで用意している筈だ」

そういえばそんな話をしたな。せっかくの家族水入らずの時間を邪魔するつもりはなかったんだが……まあ、ありがたいことだな。

「明日には自由に出歩いて問題ねぇ。ただ、迷うかもしれねえからイリンと一緒にいろよ」

そう言ってウォルフはさっきまでの真面目な顔から一転して、再び俺をからかうような顔つきになった。

「……さっきの決闘の時も思ったが、なんでそんなにイリンのことを持ち出すんだ？」

「あん？　……お前、イリンと番《つが》うんじゃねえのかよ？」

俺にその気はない。

……いや、未だに自分では理解していないだけで本当はあるのかもしれない。

「どうしてそんな結論になったか分からないでもないが——違う」

それでも俺はそれを否定する。

それは別に、イリンに説明したようにあの子がまだ幼いからというわけではない。

俺はただ単に、あの子に幸せになってほしいんだ。

俺なんかと結婚するより、この里で仲間と一緒にいた方がイリンは幸せになる筈だ。ここにはイリンのことを理解し、大事にしてくれる人たちがいるんだから。

ウォルフは、何言ってんだこいつ？　とでも言いたげだが、ウォードの方はなんとも言えないような難しい表情をしていた。

まだ幼い娘の相手候補《こうほ》に、俺みたいな十以上も歳の離れた人間を挙げられたんじゃあ、そうなるのも仕方がない。

そうでなくても父親なんて存在は、娘が結婚するとなったらそんなものなのかもしれないな。

「獣人としてはどうか分からないが、俺からしたらイリンはまだ幼い。せめて大人になってからじゃないとそういう相手としては見られないよ」

そう俺は言い訳をする。だが、それが誰に対してなのかは自分でも分からない。

ウォルフは怪訝そうな顔のまま尋ねてくる。

「……イリンの歳は知ってるのか？」

「十二だろ？」

「そうだが……そうか。まあなんで拒んでんのか俺には理解はできねえが、大人になったらしっかり相手をしてやれよ」

「大人になってもイリンの気持ちが変わらなかったらな」

そう言って肩をすくめて見せたが、ウォルフは面白そうなものを見るように俺のことを見ているし、ウォードはさっきよりも更に複雑な顔をしていた。

まああのイリンの様子を見ていれば、成人する三年後になっても諦めるとは思えないのかもしれないいな。実際俺も少し心配してるし。

「まあ、今日のところはウォードんちで大人しくしとけ」

ウォルフの言葉で解散し、俺たちはウォードの家に戻っていった。


それから俺は、イリンの母親であるイーヴィンと、もう一人のウォードの妻、エーリーが夕食を作っている間、居間でウォードと共に雑談をしていた。

そして空腹《くうふく》を刺激する香ばしい香りが漂い始めた頃、ゆっくりと、しかし確実に、小さな足音が近づいているのに気づいた。

足音の主であるイリンが廊下に繋がる扉から顔を覗かせると、キッチンから顔を出していたイーヴィンが声をかける。

「おはよう、イリン」

イリンは部屋の中を見た後、安堵した様子を見せておずおずと居間に入ってくる。

「おかあさん……」

「そうよ。どうかした？」

イーヴィンはどこかおかしそうに、でも隠しきれない喜びを滲ませてイリンに問いかける。

「ううん、なんでもない……夢じゃないんだなって思って」

イリンがそう言って笑うと、そんなイリンのことをイーヴィンはぎゅっと抱きしめた。

「そうよ。夢じゃないの。あなたは帰ってきたの」

「うん」

そうして二人は抱き合ったまま笑っている。

そんな二人の姿を見ていると、やっぱりイリンはこの里に残って暮らした方がいいと思えた。

「さっ、夕食までまだ時間がかかるわ。お父さんのところにいってらっしゃい、話したがってたわよ」

そうイリンのことを送り出すと、イーヴィンは夕食の支度《したく》に戻っていった。

「イリン」

「お父さん」

イリンはウォードの元へ駆け寄ると、その胸元に飛び込むように抱きついた。

ウォードはそんなイリンを抱きしめ返す。

「お帰り、イリン」

「ただいま、お父さん」

だが、そんな風に親娘二人が触れ合っていると、突然玄関の扉が乱暴に開け放たれ、数人の男女が入ってきた。

「本当にイリンが帰ってきてる！」

「おいイリン！　無事だったのか⁉　怪我とか――」

「ちょっとどいてよ！　あなたたちが邪魔で入れないじゃない！」

……誰だコイツらは？

入ってきたのは成人しているであろう、女が一人、男が二人の三人組。

薄緑の髪くらいしか共通点はないが、この里の住民は全員が同じ髪の色をしているので、兄弟姉妹だと判別ができるわけでもない。

顔つきもどことなく似ている気がするが、この規模の里なら全員親戚《しんせき》でもおかしくないか。

まあ、この遠慮のなさとウォードの反応を見る限り、イリンの兄姉っぽいが……

彼らは矢継《やつ》ぎ早《ばや》にイリンに話しかけているが、その勢いに押されてイリンはろくに返事ができないでいる。

「お前たち、もう少し落ち着け。イリンが困っているぞ」

ぎゃーぎゃーと三人が騒いでいると、まったく、とウォードが呆れ交じりに三人組を宥《なだ》めた。

「そうは言うけど、イリンが帰ってきたのよ!?　落ち着いていられるわけないじゃない！」

「それに父さんだって今回の討伐隊メンバーだったのに、いきなり一人で帰ってるじゃないか」

「そんな親父に、落ち着けなんて言われてもなぁ」

「むっ」

三人の言葉に何も言い返すことのできないウォードに、あの後大変だったんだぞ、と三人が愚痴《ぐち》を零している。

ウォードのことを父と呼んでいるってことは、やっぱりイリンの兄姉なんだろう。

それと、昼間のウォードの様子と今の三人の言葉から察するに、彼はその討伐隊とやらを放り出して帰ってきていた、ということなのだろう。

そんな彼が落ち着けと言ったって、そりゃ説得力がないよな。

ウォードたちの掛け合いを見て、思わずくくっと俺が笑ってしまうと、その三人のうちの一人である女性が俺に気づいたようでこっちを見た。

「……父さん。この人間は何？」

それまでのイリンの帰還《きかん》を喜ぶような声色《こわいろ》から一転、警戒心を露わにしてそう問うと、他の二人もこちらに視線を向けた。

「人間？」

「なんで人間が……っ！　待て。帰ってくる途中で聞いたぞ。イリンが人間の奴隷にされてるって！」

「奴隷⁉」

その言葉を聞くや否や、三人はそれぞれ持っていた武器に手をかけ殺気を放ってきた。

……ああ、こんなとこにもウースの影響が出てるのか。

そう思って、はぁ、とため息を吐いてしまったのだが、それがいけなかったらしく彼らは殺気を更に強める。

さて、どうしたものか……と悩みながらふとイリンに目をやって、俺は思わず動きを止めてしまった。

イリンが俺の渡した武器を手に立ち上がっていたのだ。

ウースの時に分かったことだが、イリンは俺の敵であれば知り合いでも攻撃する。

それが家族相手であればどうなのか読めなかったが、今の様子を見る限り、何もしないとは到底考えられない。現に今、彼女は武器を構えている。

「やめろ！　その人に手を出すな！」

だが、事が起こる前にウォードが鋭く一喝《いっかつ》する。

そのおかげで、その場に漂っていた緊張感は吹き飛ぶこととなった。

そして場の視線が自身に集まったのを見計らって、ウォードが俺の事情を説明し始めた。

「――なんだよ。早く言ってくれよな！」

説明を終えると、先ほど俺に敵意を向けたイリンの兄は快活に笑ってそう言った。

そんな彼を見て、ウォードが苦笑《くしょう》する。

「お前が話を聞かなかったんだろうが。もっと落ち着きを持て」

「あら。あなたがそれを言うの？　アンドーさんと初めて会った時は、今の三人よりも酷かったじゃない」

と、そこでイーヴィンがクスクスと笑いながら、料理を運んできた。

確かにあの時ウォードから向けられた殺気は、今の三人のものよりもすごかったな。

「さっ、夕食にしましょう。今日はイリンが帰ってきたお祝いよ」

イーヴィンに続いてエーリーも、次々と料理を持ってくる。

そうして全ての料理が揃ったところで、俺も含めて全員で席に着いた。

「イリン。おかえりなさい」

「おかえりなさい」

「よく帰ってきたな！」

「おかえりなさい！　もう攫われたりしちゃダメよ！　イリンは可愛いんだから、人間でなくとも攫っちゃいたくなるかも――」

「そこまでにしてよ姉さん――おかえり、イリン」

騒がしいながらも心からの歓迎の言葉にイリンは破顔する。

「――ただいま！」

イリンの帰還と俺の来訪を歓迎する宴会が終わり、俺は与えられた部屋で一人寛いでいた。

すると扉が叩かれ、向こう側からウォードに声をかけられた。

「ちょっといいか？」

イリンが久しぶりに帰ってきたということで、イリンとイーヴィンとウォードと、三人で寝るって言ってたが……

扉を開き、首を傾げながら尋ねる。

「どうしたんだ？　イリンと寝るんじゃなかったのか？」

「それなんだが、自分も一緒に寝るんだとイーラに取られてな」

ウォードが苦笑しながらそう言った。

イーラ……ああ、あの騒がしい姉か。

宴会での様子を見た限り、かなりイリンのことを大事にしていたみたいだからな。

俺は拒絶する理由もないのでウォードを部屋に招き入れた。

「大変だな、父親っていうのも」

「まあな。だが、そういったこともまたいいものだ」

ウォードは楽しげに笑うと、一転して真剣な顔つきになった。

「……だからこそ娘を助けてくれたアンドー殿には感謝している――ありがとうございました」

あまり丁寧な態度は得意ではないと言っていた筈のウォードが、慣れないながらも頭を下げてきた。思わず面食らってしまったが、そこに父親としての本物の想いを感じた。

「……イリンのこと、大事にな」

「ああ。もう今回のようなことは起こさせない」

「そうか――そうだ、いい加減『殿』っていうのはやめないか？　俺もこうして話し方を変えたことだし」

「む、だが恩人に対して……いや、そうだな。では改めてよろしく頼む、アンドー」

「こっちこそよろしく」

それからは男二人で他愛もない話をして、夜は更《ふ》けていったのだった。

「アンドー、今日はどうするんだ？」

翌日の朝食の席で、ウォードがそう聞いてきた。

「そうだな……今日になったら自由に動いていいって言ってたよな？　できればこの里を

少し見学してみたいんだか、構わないか？」

「長の許可は既に出ているのだから構わないだろう。ただ、長も言っていたように、慣れないと迷うかもしれないから誰か一緒にいた方が――」

「はい！　私が行きます！」

ウォードの言葉を遮って、イリンが声を上げる。

「イリンか……帰ってきたと知らせることもできるし、まあいいだろ――」

「待って！　イリンは帰ってきたばかりなのよ！　もう少し、ううん、もう少しなんて言わないでもうずっと家から出なければいいのよ！　そうすればもう攫われる心配もないし！」

頷きかけたウォードだったが、イーラがいきなり割り込んできた。

それを見て、イリンの兄のでかい方、エルロンが諫《いさ》めようとする。

「姉さん、それはちょっと……」

「何よ！　あんたは私の可愛いイリンが攫われてもいいの!?」

「いや、そうは言わないけど、流石に家にずっといるっていうのは……」

「それに！　こんな男と一緒にさせるなんてありえないわ！」

イーラはそう言って、俺のことを睨みつけてきた。

昨日の宴会の時には、俺がイリンを攫ったわけではないと納得し、それどころか連れ帰ったことを感謝していた筈だが……一晩経った今はなぜか嫌われている。昨日の夜にイリンと何か話したのか？

しかしウォードも譲らなかった。

「だが、そうは言っても案内は必要だ。加えて、恩人とはいえ人間であるアンドーを見た者が、要《い》らぬ面倒を起こすかもしれない。その場合に説明するための者が必要だろう」

「案内なんてしなくてもいいのよ！　迷ったらそのままでいいじゃない！　面倒事もそいつ自身に対処させればいいのよ！」

「……どうしたんだイーラ。なぜそんなにアンドーのことを敵視する。昨日は何もなかっただろう？　……夜這《よば》いでもかけられたか？」

ウォードが真面目くさった顔で言うが、直後俺は凄《すさ》まじい悪寒《おかん》を感じた。

その覚えのある感覚に、思わず勢いよく振り向けば、そこには笑みを浮かべるイリンの姿があった。

「バカなこと言わないでよ！　そんなことがあったら今頃そいつを殺してるわ！」

イーラがそう言うと、途端に先ほどまでの悪寒はなくなった。

今のはどうやら俺だけに向けられていたようで、他の者は気づいていないみたいだ。

……今のはアレか？　大人になったら自分とって約束したのに、とかそんな感じの嫉妬《しっと》みたいなやつか？　城にいた時に感じたアレと同類の感じだったぞ。

まさかもう一度体験することになるとは思わなかった……ていうか昨日、イリンはイーラと一緒に寝てたんだから、そんなわけないって分かってるだろうに。

イリンが元に戻って俺がホッとしている傍らで、ウォードは怒りを募《つの》らせるイーラに向かって言葉を重ねた。

「お前ではアンドーを殺すことはできないと思うが……」

……どうしてそうやって火に油を注ぐようなことを言うのかなあ⁉

俺は思わずおかしなテンションで、心の中で叫んでしまった。

「おい──」

「何よ！　私が弱いって言うの⁉　こんな人間になんて負ける筈がないじゃない」

咎めようとしたが時既に遅し、イーラが激高する。

そんな彼女に、ウォードが首を傾げた。

「そうか？　確かにお前は強いが、それでもアンドーには及ばないだろう」

やめてくれよ！　どうしてそこまで俺を持ち上げるんだよ！

お前が俺の闘いを見たのはウースとの一戦だけだろ⁉　しかもあれは途中まで負けそうになってた情けない闘いじゃないか！

「なんですって！　だったら──」

「そこまでになさい」

更に父親に詰め寄ろうとしていたイーラだったが、横合いから聞こえてきた声に止められた。

「イーラ。あなたが誰のことを嫌おうとあなたの勝手だけれど、それでもアンドーさんは恩人なのよ。せめて彼のいないところでなさい」

そう彼女を宥めたのは、母親であるイーヴィン。どうやらイーラが何で怒っているのか、知ってるみたいだな。

「それと、ウォードもよ。悪気はないのでしょうけど、もう少し言葉を選びなさい。あれではプライドを逆撫《さかな》でするだけよ、誰もがあなたみたいに、自分と相手の実力の違いを認められるわけではないわ」

おい！　あんたも言葉に気をつけろよ！　それじゃイーラを煽るだけだろうが！

つい心の中でそう叫んでしまった。

だがチラリとイーラを見ると、母親の言葉に逆らうつもりはないのか、歯を食いしばりながら拳を握りしめている。

それだけならわかるんだが、なんで俺を睨むんだよ。

「あなたたちもよ。どうして二人を止めないの？」

次のイーヴィンの矛先は、父と姉を止めなかった長男と次男――エルロンとエーギルに向けられた。

「いや、だって……」

「俺たちじゃイーラには勝てないし……」

この家の兄弟のうち、最も強いのは一番年上であるイーラらしい。

イリンには優しいを通り越して甘すぎるイーラだが、エルロンとエーギルに対してはそうでもないらしく、二人は逆らう気も起きないようだった。

「何を情けないことを……そんなことで討伐隊の任が務《つと》まると思っているの？　だいたいあなたたちは男なんだからもう少し——」

「そ、そうだ！　討伐隊！　もう行かなくちゃ！」

「そうだな！　ほらイーラも」

「あっ！　ちょ、待ちなさい！　私はまだ——」

イーヴィンのお小言が始まりかけたところで、エルロンたちは逃げるように、イーラを連れて出て行った。

その際暴れるイーラに顔などを殴られていたように見えたが、そうまでして逃げ出すほどにイーヴィンの説教が嫌なのだろうか？

そんなイーヴィンが俺へと向き直ったので、ビクッとしてしまった。

「ごめんなさいね、アンドーさん」

「いえ、構いませんよ——ただ、何で私がイーラさんに嫌われているのか、ご存知でしたら教えていただけないでしょうか？」

俺がそう言うと、イーヴィンは少し迷った後、話してくれた。

「……そうね……昨日の夜、イーラにイリンの尻尾のことを伝えて、実際に見せたのよ。そうしたら……」

「原因である私に怒りを抱くようになった、と」

「ええ、あの子はイリンのことをかなり大事にしているから」

なるほど、それなら納得だ。

「そうですね。見ていれば分かります。あれだけ大事にしているのなら仕方がないでしょう——原因は分かりました。教えていただきありがとうございます」

「いいのよ。でも、何かあったら知らせてもらえないかしら？　あの子のことだから、きっと迷惑をかけるでしょうから」

「分かりました。その時はお知らせします」

それからイーヴィンたちと軽く雑談しながら朝食を終え、俺はイリンと共に里を散策することになった。

相変わらず里の住民の視線を集めているが、それでもその視線の種類は昨日とは違っていた。

昨日は敵を見るような厳しいものだったが、今では見定めるようなものに変わっている。

見られていることに不快感はあるが……それは仕方がないことだろう。

俺はそう割り切って里を観察する。

ほとんどの家の玄関先には、魔物の頭部や牙や爪など、魔物の一部が飾られている。

その光景を見慣れない人間の目には野蛮《やばん》に見えるが、これもれっきとした獣人の文化だ。

俺がハウエル王国で与えられた知識と、実際に肌で触れる真実は、あまりにも違う。

持っている知識は所詮、亜人を嫌う者によって与えられたということなんだろう。

この里の建物が簡素だったり、周辺に柵なんかがなかったりするのだって、技術がないからではなく、いざという時に逃げやすいようにするためだ。

この里は近くに魔物の領域があって、襲撃に遭うことが多いらしい。

それを未然に防ぐため、昨日イーラたちが言っていた、『討伐隊』というものが結成され、毎日魔物を狩っている。

ただ、魔物の軍勢が現れたり、強力な魔物が生まれたりと対処できなくなることが稀《まれ》にあるため、そういった時に備えている、ということだそうだ。

わざわざ里の移動なんて考えるぐらいなら最初から安全な場所で暮らせばいいじゃないか、なんてウォードに言ったのだが、この地には狼人族にとって大切なものがあるらしい。

それが何かは教えてもらえなかったけど、決して捨てることはできないと言っていた。

「ああ、アンドー。イリンも元気そうだな。すれ違いにならなくてよかったぜ」

里を歩いていると、ウォルフが笑いながら近寄ってきた。

「おはようございます」

イリンがそう言って頭を下げるのを見て、ウォルフは微妙な表情になる。

「どうした？」

「……いやなに。どうにもこの感じは慣れねぇなぁと思ってな」

ウォルフの話によると、イリンは以前は全然違う話し方だったらしく、違和感があるんだとか。おそらくだが、イリンからたまに出てくるくだけた感じの話し方が、元々の話し方なんだろう。

今は俺の前だからか、丁寧な言葉遣いになっている。

……まぁ、これぱっかりは無理に直すように言ってもイリンの反応が怖いから何も言わないでおこう。

俺はイリンをちらりと見てから、ウォルフに向き直る。

「──それで、俺を捜してたみたいだが、何か用か？」

「ああ、そうだった。実はお前とイリンに頼みたいことがあってな。昨日話した通り、イリンが攫われた時の状況の確認と……イリン以外の攫われた奴らについて、話してほしい」

ウォルフは誰にとは言わなかったが、イリンと共にいなくなった子供たちの家族に向けていうことで間違いないだろう。

俺の隣では、イリンが体を固くしている。

イリンは結果的に命が助かったとはいえ、攫われた時のことは心の傷として残っている筈だ。

もちろん、他の子供たちの親に説明をすることは必要だと理解はできるが、それでもイリンに話をさせるのは躊躇《ためら》われる。

そう考えた俺は、断ろうと口を開く。

「おいウォル――」

「分かりました」

話をするのは俺だけにできないか。そう言おうとした俺の言葉は、イリンによって遮られてしまった。

ウォルフは申し訳なさそうに、イリンを見る。

「悪いな……」

「いえ、これは生き残った者の役目ですから」

「……そうか」

生き残った者。

昨日の俺との会話で察していただろうけど、当事者であるイリンからその言葉を直接聞いたウォルフは、そう一言呟くと少しの間瞑目した。

「……じゃあ明日、頼むわ」

「今日じゃなくていいのか？」

「ああ、聞く側の奴らにも、準備がいるからな」

ウォルフは悲痛《ひつう》な表情でそう言った。

「……そうか」

「明日はこっちの準備ができたら呼びに行くから、お前らはウォードの家にいてくれや」

「分かった」

俺が言葉少なに返事をすると、ウォルフは手を振って去っていった。

その後ろ姿が見えなくなるまで見送った俺は、空を見上げて一度大きく深呼吸をする。

……明日、俺は責められることになるだろう。

イリンが帰ってきたことで、攫われた自分の子供も帰ってくるんじゃないかと期待している親たちに、子供の死を突きつけに行くんだ。

正直言って怖い。今からでも逃げ出したい。

けど、だからといって引くわけにはいかない。

ここで引いてしまえば、親たちの矛先は一人だけ戻ってきたイリンに向かうだろうから。

「ご主人様……」

不安そうにしながら俺のことを見上げるイリンの頭に、手を置いて安心させる。

こんなことで誤魔化されはしないだろうが、それ以上イリンは何も言わなかった。


翌日、俺は家でウォルフが呼びに来るのを待っていた。

タダで泊めてもらってるし、ゴロゴロしているだけってのも申し訳ないので、収納内の食糧を渡したり、家事を手伝ったりして時間を潰す。

この後のことを考えると気が重いし、何かしていた方が気が紛れそうだったからな。

ただ、手伝うどころか足を引っ張っている気がして申し訳なさもあった。

何せ一緒に手伝っているイリンもそうだが、二人の母親たちの手際《てぎわ》が非常によかったのだ。まぁ、それなりに大所帯《おおじょたい》な家なので慣れていて当然なのかもしれないが。

しかし、俺はこれでも日本にいた時は一人暮らしをしていて、そこそこ家事ができる方だと思ってたんだけど……足元にも及ばないとはな。

そんな役に立たない手伝いをしていると、家の玄関の扉を叩く音が聞こえた。

「長のところの使いかしら？」

「あら、もうそんな時間なの？　今日は時間が過ぎるのが早いわね」

エーリーとイーヴィンがそう呟き扉を開けると、予想通りにウォルフからの迎えとして、ウォルフの妻の一人が立っていた。

既に準備は終えているので、イーヴィンたちに挨拶をしてからウォルフの家へと向かう。

「おう。よく来たな」

ウォルフの家に到着し、以前とは違う入り口から家の中に入ると、そこはかなり広い部屋だった。しかしながら部屋の雰囲気は暗く沈んでいる。

俺はウォルフに手を挙げて簡単に挨拶してから、あからさまにならない程度に軽く部屋の中を見回す。

この部屋にいるのは、ウォルフの他には男女が四組。彼らが攫われた子供の親たちなんだろう。

その全員の顔がやつれており、幾人《いくにん》かは縋るように俺を見ているが、残りは「やっぱりか」とでも言うように顔を歪めていた。

「まあ座れ」

俺とイリンはウォルフに勧められ、席に着く。

「――さて、揃ったわけだが……」

「私の子は！　あの子はどこにいるの⁉　ねえ、知っているんでしょ⁉」

話を始めようとしたウォルフを遮って、一人の女性が立ち上がり叫んだ。

「落ち着け。これから順を追ってはな――」

「落ち着け⁉　落ち着いていられるわけないじゃない！　だって、私の子が、やっと、やっと――」

ウォルフはそれを宥めようとしたが、その言葉は再び女性に遮られる。

「ねえ、イリン。私の子は……あの子はどこにいるの？　あなたが帰ってきたんだから、あの子だって帰ってくるんでしょう？　ねえ、いつなの？　いつ帰ってくるの？　ああ、早く迎えの準備をしないと。あの子、きっとすごく大変だったでしょうから好きなものを作ってあげなくちゃ。ふふっ、あの子は好き嫌いが多かったけど、今回は特別にあの子の好きなものだけにしてあげましょう。そうすればきっと喜んでくれるわ。きっとまた一緒に笑ってくれる。だってやっと……やっと帰ってきてくれるんですもの」

女性の目はイリンに向けられながらも、イリンを映していない。

彼女の言葉からは、どれほど自分の子供を心配しているのか痛いほどに伝わってきた。

――だが、その子は既に死んでいる。

それは改めて伝えずとも、皆分かっているんだろう。女性が言い募るのを耳にしながら、静かに俯いている。

そしてきっと、この女性もそれは理解している筈だ。口元は笑っているが、虚《うつ》ろな瞳は潤んでいるから。

「──だからイリン、早く教えて」

涙こそ零れてはいないが、今にも崩れ落ちそうな彼女は、ついに、笑っていたはずの口元さえも歪ませる。

「イリン。黙ってないで早く教えてちょうだい」

聞かなくても分かっている。だけどその事実を否定してほしい。

そんな想いが伝わるような、悲痛な声。

「──どうして……どうして何も言ってくれないの？　あの子は帰ってくるんでしょう？　なら早く──」

イリンをなおも問い詰める女性を、その夫らしき男性が抱きしめる。

「もう、やめろ」

その声は、ひどく震えていた。

「やめろ？　何をやめるというの？　あの子が帰ってくるのよ？　あなたはあの子が大事じゃないの？」

「そんなわけないだろう。だが、あの子は、もう……」

「……もう、何？　あの子がどうしたっていうの？　あの子は帰ってこないとでも言うの？」

女性は自分を押さえる手を強引に振り払って夫に向き直った。

「――ふざけないで‼　あの子は帰ってくるわ！　だって同じように攫われたイリンが帰ってきたんだからあの子だって帰ってくるに決まってる！　そうでしょ⁉　イリ――」

「あなたの子供は亡《な》くなりました」

俺はイリンに近寄ろうとした女性の前に出て、告げる。

「私が確認した限りでは、攫った者の他に四人分の遺体《いたい》がありました――ウォルフ、攫われた子供は全部で何人だ？」

「……イリンを含めて五人だ。ここにいる奴らの子供がそれぞれ一人ずつ連れていかれてる」

「なら俺が確認したのが全員ということだな」

「……そうなるな」

淡々と確認する俺に、女性が喰《く》ってかかってきた。

「ふ、ふざけないでよ‼　なんでよ⁉　イリンは帰ってきたじゃない！　なのにどうしてあの子は帰ってこないのよ！」

俺は何も答えられない。

「あなたはイリンを助けたんでしょう？　じゃあなんで私の子供は助けてくれなかったの！　あの子が男の子だったから？　男の子は奴隷として価値が低いから助けなかったの⁉　イリンは女の子だから、奴隷として使えるものね。だから助けたんでしょう！　人間は私たち亜人を奴隷にするような種族だもの！　やっぱり人間なんて――」

――パァン！

夫らしき男性が、女性の頬《ほお》を張った。

「――もう、やめるんだ……」

「……いやよ。だって……だって……」

うわあぁぁぁぁっと泣き崩れる母親に何も言わず、俺は席に戻る。

そしてしばらく経って落ち着いてきたのを見計らって、俺の知っている限りの説明を始めた。

途中、攫われた際の一連の流れをイリンに補足してもらったが、最後には改めて、俺が子供たちの死を告げた。

親たちの恨《うら》みが一人生き残ったイリンではなく、俺に向かうようにするために。

「――以上で全てとなります。何か聞きたいこと、言いたいことがあればどうぞ」

俺がそう締《し》めくくると、さっきとは別の父親が立ち上がる。

部屋の空気が張り詰めたような気がした。

「――ありがとうございました」

「……え？」

しかしその男性は、頭を下げてきた。

この人もさっきの女性のように怒りをぶつけてくるんだろうと、それどころか殴られるかもしれないとさえ思っていた。

なのに予想外の反応をされ、ただ間抜けな声を返すしかできなかった。

「私の、私たちの子供の最期《さいご》を教えていただき、そして攫われた子供を一人でも救っていただき、ありがとうございました」

その人の手は今も震えている。多分、自分の心を必死に抑えているんだろう。

だがそれでも恨み言の一つも言わない。

俺が何も返せずにいると、男性は真っ直ぐに見つめてくる。

「あなたが言いたいことは分かるつもりです――ですが、少なくとも私は、あなたを恨むことはありません……それでは、失礼します」

そう言い残して彼が部屋から出て行くと、女性がこちらに一礼して、その後を追いかけていった。

それに続くようにして、他の者たちも部屋を出て行く。

その中の誰一人として、俺に何も言うことも、憎悪を向けることもなかった。

「……なんで……」

部屋には俺とイリン、それとウォルフの三人だけが残った。

「何がだ」

誰に向けたものでもない俺の呟きに、ウォルフが反応した。

「……普通はもっと俺を恨むものだろう。俺は『人間』なんだ」

あの泣いていた女性でさえ、他の夫婦が退室した少し後に立ち上がって、俺に頭を下げてから出て行った。心の中はどうなっていたのか分からないが、部屋を出て行く際にはもう涙を見せることはなかった。

「でも誰も、何も言わなかった。自分の子供を攫って死なせた『人間』は憎い筈だろ。なのにどうしてあんなに……」

「んなの、お前は悪かねえからだろうが」

そんなことは知っている。俺だって今回の件に関しては、自分が悪いなんて考えていない。

だがそれでも彼らに恨まれる覚悟はしていた。

いくら俺がやったわけじゃないと言っても、同じ『人間』である者たちが悪事を行なったのだから。

そして一人の『人間』として、少なからず罪悪感も抱いていた。

だが……

「人間はどうか知らねえがな、俺たちは相手の種族だけで良《よ》し悪《あ》しを判断したりなんざしねえんだよ。どんな種族であっても、その種族の誰かが何かしたからって、種族ごと恨むことはねえ」

ウォルフが呆れたように言うが、そうは分かっていたとしても無意識のうちに恨んでしまうものではないだろうか。

元の世界にも『坊主憎けりゃ袈裟《けさ》まで憎い』なんて言葉があったし、特にこの世界では種族差別はごく当たり前に行なわれている。であれば自分の子供が死ぬ原因を作った『人間』を憎く思うのは当然ではないのだろうか？

だが俺が相変わらず何も言わないのを見て、ウォルフは軽く俺を睨みながら更に言葉を重ねる。

「んなかっこ悪《わ》りぃことできるわけねえだろうが。あんま俺たちを見くびんなよ――んで、お前は思い上がんな」

「思い上がる？　俺が？」

「そうだろうが。お前は攫った奴らと同じ『人間』だが、それは単に同じ種族ってだけだ。仮に亜人を虐げる人間の常識や法を変えられないことを悔《く》やんでんなら、お前がお偉いさんだってわけでもねぇんだしお門違《かどちが》いだよ」

確かにその通りではあるんだが、だからといってそれですぐに納得できるものでもないだろうに。

「そんなお前を恨む奴なんざ、いるわけがねえんだよ」

「……すごいな、お前らは」

俺はそう呟いて、親たちが去っていった扉を見る。

そんな俺のことを、イリンが隣で見上げていた。


それからしばらくして、気持ちの整理がついた俺はイリンを連れて帰ろうとしたのだが、イリンがウォルフに呼び留められた。

「ああそうだ、イリン。昨日ウォードに聞かれたお前の儀式だが、許可する」

「ありがとうございます」

「つっても今は時期が悪い。このあいだ終わったばかりだから、次は一ヶ月くらい先になるぞ」

「……一ヶ月、ですか」

なんのことだ？　と一人首を傾げていると、ウォルフがこちらに気づいた。

「ああ、知らねぇよな。儀式っつーのは――」

「大人の中に交じって狩りなどの仕事をしても問題ないと認められるようになるために、十歳以上の者が受けることのできるものです。『試験』と言ったところでしょうか」

口を開いたウォルフに割り込んで、イリンが説明してくれた。

そうなのかと納得しつつも、一応確認するようにウォルフの方を見る。

「……まあそうだな。だいたいそんな感じだ」

ウォルフにしてははっきりしない物言いだが、獣人特有の文化みたいだし、この里の者、もしくは同族以外には言えない部分もあるんだろう。

「そうか。それを終えれば、イリンは里の奴らの中で馴染《なじ》んでいけるのか？」

「……儀式を無事に終えれば、だがな……まぁ、見たところイリンは既に大人と同じだけの実力はあるようだから、問題はない筈だ」

俺はその返事に、そっと胸を撫で下ろした。

――よかった。これであとは、イリンの尻尾を治せる魔術師を連れてくればいいだけだ。

そうすればイリンは、また元の生活に戻ることができる。

「イリン。儀式、頑張れよ」

イリンの頭を撫でながら応援する。

儀式とやらは一ヶ月後だが、ここまで来ればもう俺が見届ける必要もないだろう。

今まではイリンに何か言う奴がいるんじゃないかと警戒していた。イリンと共に攫われた子供の親が一番の懸念《けねん》だったんだが、今日の話し合いでその一番大きな心配が取り除かれた。

だがまだ里に着いてから日が浅いので何もないだけかもしれない。あと何日か様子を見ることにしよう。

それで問題がないようなら……そうしたら、俺はこの里を出て行こう。

俺がここにいてもイリンの怪我を治す方法は見つからないし、何より俺がここにいることはイリンのためにならないから。

そんな俺の内心を知ってか知らずか、イリンはとても嬉しそうに微笑んでいたのだった。

閑話《かんわ》1　イリン・イーヴィン

——やっと、やっと帰ってきた。もう無理だと思っていたのに、私——イリンは、里に戻ってくることができた。

里の入り口に着くなり、お母さんが私を抱きしめてくれた。

それも全てはご主人様のおかげ。

とっても優しくて、とってもかっこよくて、とっても強くて——とっても愛《いと》しいご主人様。

この人がいてくれたから、私はここにいる。こうしてもう一度両親に会うことができた。

お母さんとご主人様と一緒に家に帰って、しばらくしたらお父さんが帰ってきた。

「お前が俺の娘を奴隷にしている奴か」

だけどお父さんは、私を抱きしめてから立ち上がると、そう言ってご主人様に敵意を向けた。

いくらお父さんでもそれは許せない。

ご主人様を守ろうと、ピクリと体が動いたところで、私は今お母さんに手を握られていることに気付いた。

手を放してとお母さんに言おうとしたけど、お母さんは緊張した様子でご主人様とお父さんのことを見ていて、私の様子には気づいていなかった。

どうしようかなって思っているうちにどんどん話が進んでいって、お父さんはご主人様に頭を下げた。

それからはお父さんもお母さんも、ご主人様のことを認めたみたいで態度を改めた。

それで今日どこに泊まるか、という話になったところで、ご主人様が真剣な表情で口を開いた。

「あなた方の娘さんの尻尾についてです」

——きた、と思った。

私は生きて家に戻ってくることはできたけど、無事である、とは言えなかった。

ご主人様をお助けする時に怪我をし、短くなってしまった尻尾。

実際私としては、短くなったこと自体は、それほど気にしていない。むしろご主人様のお役に立てたことを誇らしくさえ思う。

でも、私は気にしなくても、両親がどう思うかは分からなかった。

小さい時から、『尻尾を怪我した奴は獣人の間では虐げられる』と教えられてきた。もし私が尻尾を怪我したことでお父さんたちに嫌われてしまったら……

そんなことはないと思っているけど、でも、もしかしたら、という不安は消し去ることができなかった。

……大丈夫。お父さんたちなら認めてくれる。きっと尻尾の怪我なんて関係ないって受け入れてくれる。だから大丈夫。大丈夫に決まってる……本当に？

小さな不安が少しずつ大きくなっていくけど、それをみんなに気づかれないように必死に隠す。

だけどお父さんは、話を聞いてからしっかりと私を見つめてくれた。

「よくやったな、イリン。お前は俺の誇りだ」

よくやった。

大丈夫だと思っていても消すことのできなかった不安が、その言葉で綺麗になくなった。

それからのことはよく覚えていない。

ご主人様の前なのにみっともなく泣いてしまったことは覚えているけど、気がついた時には眠っていて、夕方に起きた時にちょっと前まで毎日見ていた天井を目にしてまた泣いちゃった。

その日の夜は、お父さんとお母さん、エーリーにお姉ちゃんたちと、久々にたくさん話せて、幸せな時間だった。

そしてそこにご主人様がいることが、私にとって何よりも幸せだった。

欲を言えばご主人様と二人で過ごす家が欲しいけど、それは私が大人になってご主人様と結婚してからだよね。

その日は、お母さんとお姉ちゃんと一緒に寝ることになった。

ベッドに入って、これからのことを考える。

最初はただ側にいることができればいいと思っていた。ご主人様が私じゃない誰か他の人と一緒になったとしても、あの方の側で笑顔を見ていられればそれだけでよかった。

でもご主人様が国境を越えた森で言ってくれた、成人して気持ちが変わらなかったら、って言葉で私の中の何かが変わった。

ご主人様に仕えるというのは変わらないけど、誰にも渡したくないと思ってしまったのだ。

不敬であるのは分かってる、でもその思いを止めることがどうしてもできなかった。

それに、ご主人様と初めて出会った後、同じ森でご主人様を見守っていた時に耳にした、「あの子の尻尾にブラシをかけてあげたい」という言葉も思い出した。

その言葉は、プロポーズとしてよく使われる言葉。

面と向かって言われたわけじゃないけど、成人したらという『約束』と併《あわ》せて考えれば、私がそう思うのは当然の流れだといってもいい筈。きっとご主人様も……

「あら？　でもそれって……人間の間では、そんな意味はないんじゃなかったかしら」

でも、お母さんに言ったら不思議そうにそう言われてしまった。

「ねえ、イリン。一応確認するけど、あなたアンドーさんと番《つが》うつもりなの？」

勘違いしていたことを理解し落ち込んだ私に、お母さんがそんなことを聞いてきた。

けど、私はその言葉に咄嗟に反応できなかった。

……もしかして反対されるのだろうか？　ご主人様は人間だから、ないとも言い切れない。

だけど私はなんと言われても、一生ご主人様に付いていくって決めた。だからたとえお母さんやお父さんが反対したとしても……

そんなことを考えているのを察したのか、お母さんは微笑する。

「あら。別に反対するつもりはないわよ。イリンの好きなようにしたらいいわ」

反対されたとしても勝手に出て行くつもりだったけど、せっかくなら認めてもらいたかった。

だからお母さんの言葉はすごく嬉しかった。

「でも、今のままじゃダメよ。そのうち誰か他の人に盗《と》られてしまうわよ」

そんなこと分かってる。だってご主人様はとってもかっこいい人だから。

「欲しいものがあったら勝ち取るのが私たちの流儀《りゅうぎ》。だけど今のあなたじゃ、お世辞《せじ》にも優れているとは言えない。勝ち取れるとは思えないの」

……分かってるけど、でも、だったらどうすればいいの？

「何をしても手に入れたい？」

ご主人様に対して手に入れるって言うのは不敬じゃないかな……

「あら、ダメよそんなことじゃ。もっと強気でいかないと」

強気で……

「もう一度聞くわよ。何をしても手に入れたい？」

うん。手に、入れたい。

「どうしても側にいたい？」

いたい。何があっても一生付いていくと決めたから。

「誰が敵になっても？」

たとえ誰が敵になっても。それが世界の全てだったとしても。

「そう。じゃあ私が色々教えてあげる。好きな人に好かれる方法も、好かれるのに必要なことも。手に入れるのに必要なことを全部教えてあげる」

お母さんは今まで見たことがないくらい楽しげな笑顔をしながら、満足そうにそう言った。

お姉ちゃんは私たちの話の最中、ずっと黙って寝たフリをしてたみたいだった。

次の日以降、ご主人様が外出する時は私も付いていくようにしていたんだけど、それ以外の家にいる時は、お母さんとエーリーに色々なことを教えてもらった。

料理の作り方から始まって、掃除、洗濯《せんたく》、裁縫、怪我の手当て、マッサージ。

他にも戦い方や斥候《せっこう》技術、テーブルマナーなんかも教えてもらったけど、その中でも特にお母さん特製の薬の作り方だけはしっかりと、何度も教えてもらった。

「一度にこれだけ教えても覚えられないと思うけど、書き留めておけば後から勉強できるし、知っておけばいつか自分で何かをやろうとした時の参考になるかもしれない。だから私の、私たちの知っている全部をイリンに教えてあげるわ」

それだけじゃなくて教えてもらった技術をどう使うのか、いつ使うのかも一緒に教えてくれた。

「いい？　なんでもやってあげればいいってものじゃないのよ。困っていたら手を貸してあげるのは大事だけど、毎回助けてばかりじゃその人のためにならないわ。本当にその人のことを思うなら、時にはただ見守ってあげることも必要なのよ」

でも、あの人が辛そうにしてるのを見てるだけなのは嫌だ。

「好きな人が苦しんでる姿を見るのが辛いのは分かるわ。助けてあげたいって思うのも。だとしても、その時は我慢《がまん》して、その後思いっきり甘やかしてあげるの。そうしたらきっと、とっても喜んでくれるわ」

お母さんは楽しそうに優しい笑みを浮かべて言った。もしかして、自分とお父さんの時のことを思い出してるのかな？

「あとはそれを繰り返せばいいの。繰り返してるうちに、アンドーさんはあなたのことを好きになってくれるわ――もう既に、イリンのことが気になっているみたいだしね」

お母さんたちの教えてくれたことを私が完璧にできるようになったら、ご主人様は喜んでくれるかな……

ううん違う。必ず喜ばせる。そのための方法はお母さんから教えてもらったから。

「頑張りなさい」

「うん！」

閑話2　ハウエル王国

「まだ見つからないのですか？　あなた方は何をやっているのですか！」

わたくし――ハンナ・ハルツェル・ハウエルは、目の前にいる男を叱責《しっせき》しました。

王女であるわたくしは、普段であればあまりこのようなことをしないのですが、今は事情が事情なので仕方がありません。

「例の件の調査を命じてから、既に二週間近く経っています。だというのに、なんの手がかりも見つけられないとは、あなたたちは無能ですか？」

例の件とは、この城に賊が入り、勇者ナガオカが殺され勇者スズキが行方《ゆくえ》不明になり、宝物庫の中身が盗難《とうなん》にあった事件のことです。

魔術師ヒースによると、盗難には転移魔術が使用されたとのことなので、犯人を捜すのはそれほど難しくない筈です。

転移という高等魔術を使えるほどの実力者であれば、それなりに有名になっているでしょう。

裏の世界の人間だとしても、何かしらの情報は流れていることが多いです。

ですので、見つけられないということはない筈なのです。

だというのに、未だに手掛かりの一つすらありません。

……本来なら、このような調査の指揮は国王であるお父様がなさらなければならないのですが、期待するだけ無駄でしょう。あの人は王としての才能がありませんから。

優柔不断《ゆうじゅうふだん》で全てにおいてはっきりと決めることができず、王として決断し人を導くのではなく、配下の意見をまとめるだけのいてもいなくても変わらない存在。

そういった存在が悪いとは言いませんが、この国にも今の状況にも合っていません。会議をして話をまとめるまでにどれほどの時間がかかるのか……

現状を鑑《かんが》みると、それはとても頭の痛くなる問題でした。


その翌日の昼前、突然面会を求める者が現れました。

「殿下。南方の国境砦を守護するセリオスから使者が訪れています。面会を求めていますが、いかがされますか？」

「私に、ですか……？」

そんな予定はなかったと思ったのですが……

セリオスのことは当然知っています。

この国でもそれなりに上位の騎士で、亜人嫌いであることから国境を任された者です。

直接話したこともありますが、お父様の直属の配下なので、わたくしとは基本的に関わりがありません。

そんな者が私に話とは一体……

「はっ。国王陛下に謁見《えっけん》を願ったところ会議中でしたので断られたのですが、急用故に殿下にお会いしたい、とのことです」

「そうですか……では会いましょう」

普通であれば、王への面会を断られたからといって王女に取次《とりつ》ぎを、とはなりませんが、わざわざそうするのだからよほどの事情がある筈です。少しでも、わたくしが求める情報があればいいのですが……

面会用の部屋に移動し、使者を通します。

「王女殿下。この度は突然の謁見をお許しいただき誠に感謝申し上げます」

「いえ、何か事情があるのでしょう？　構いません」

最近は色々あって以前よりも少なくなった作り笑顔を向け、丁寧に目の前の使者を迎え入れます。

「そのように仰《おっしゃ》っていただけるのならば、ありがたく存じます……本題に入らせていただいてもよろしいですか？」

目の前の使者はそう言うと、目配《めくば》せで側近の排除を願い出てきました。

たかだか砦の責任者の使者風情《ふぜい》が、王女にそんなことを願い出るとは、一体どんな重要な話でしょう。

とはいえ、さすがにそれを受け入れるわけにはいきません。

ついこの間勇者が殺されたばかりですし、この者が犯人の仲間でないとは限らないのですから。

「ええ、もちろんです。ですが、側近の排除はできません……代わりにこちらを」

差し出したのは盗聴《とうちょう》防止の魔術具。

これを使えば、対《つい》になっているものを持っている者と思念による会話が可能となるため、こういった密談《みつだん》にはうってつけです。

そうして使者から聞いた話は、まさに驚愕《きょうがく》の一言でした。

私はその話を聞いて顔を歪めないように努《つと》めましたが、それでも態度に現れてしまった自覚がありました。

それほどまでに、衝撃的な話だったのです。

「——詳しくはこちらにまとめてあります」

「そうですか。お疲れ様でした。あなたはしっかりと休んでください」

資料を受け取って私がそう言うと、使者は魔術具を置いて礼をしてから下がっていきました。

使者が下がっていった扉をしばらく眺めてから、私は椅子《いす》の肘かけに拳を振り下ろしました。

――ダンッ！

「姫様⁉」

「どうなされたのです⁉　あの使者の男が何か⁉」

そうではありません……ですが、ある意味では正しいと言えるでしょう。

私は側近の言葉に返事もせず、渡された資料を読み始めました。

周りでは側近たちが何かを言っていますが、今はこちらの方が重要です。

そこに書かれているのは先ほど聞いた話と同じ内容。

簡単にまとめるのであれば、『魔族と勇者が現れた』です。

今からおよそ一週間ほど前、南の国境砦に魔族が現れ暴れたそうです。そしてそれをたまたま居合《いあ》わせた勇者が退治したとのこと。

ですが、それはありえません。我が国の所有する勇者は全員この城にいるのですから。

書類に書かれている、国王直轄である勇者の末裔の部隊『レプリカ』など、私は知りません。

勇者の末裔というのが本当かどうかはともかく、あの父がわたくしに知られずにそんな部隊を保有し、あまつさえ特殊任務に送り出せるとは到底思えないのです。

ならばこの現れた勇者とは一体……それになぜこのタイミングで魔族が？　やはり例の

件は勇者スズキではなく本当に魔族が犯人なのですか？　ですがそうなると宝物庫はなぜ狙われたのでしょう？　魔族は我々の宝など必要としない筈なのに……

いくつもの考えが浮かびましたが、とりあえず最後まで、と私はその後も無言で資料を読み進めていきます。

「……ふうぅぅ……」

普段ならしないような盛大なため息を吐きながら、私は天井を仰ぎ見ました。

まずは魔族について。魔族はこの国で——この王都で魔族が遊んでいるから便乗《びんじょう》して遊びに来たと言っていたようです。

『遊んでいた』とはおそらく例の勇者ナガオカ殺害の件でしょう。

であれば、あれは本当に魔族が行なったことになります……協力者の有無は分かりませんが、この城に魔族が入り込んでいる、もしくは入り込んでいたと見て間違いないでしょう。

次は現れた勇者について。これは私の知っている者ではないのは確実です。

ここに記された報告では、その自称勇者は『アンドー』と名乗っていて、身分証にもそう書いてあったとのこと。

もしや勇者スズキが生きていて、偽名でも使っているのかとも一瞬思ったのですが、次の行を読んでその考えは捨てました。

その者は暗黒物質《ダークマター》なるスキルを使っていたというからです。

勇者スズキは収納しか使えない出来損ない。これはプレートを確認したから確実です。
であれば、アンドーはスズキではないでしょう。
その者は過去の勇者の子孫《しそん》を名乗っていたようですが、それが本当かは分かりません。
実際に、この国に勇者の末裔は存在しますし、スキルを持って生まれる者も時折います
が、部隊を作れるほどではありません。それは他の国であっても同じことでしょう。
とはいえ、魔族を単独で倒せるほどの存在だということは事実。
高位の冒険者であれば魔族を単独で倒すことも可能かもしれません。ですが、それほど
の実力を持つ者は名が知られており、我々もその動向には気を配《くば》っています。
ですが、その者らは現在は、件《くだん》の国境付近にはいない筈。
となると、冒険者ではない隠れた強者、あるいは組織がやったと考えるのが自然です。
もしかしたら、他国が本当に勇者部隊を作っているのかもしれませんね。
ですがそうなると、疑問が生まれます。
なぜ潜伏《せんぷく》中だったその強者は、わざわざ表に出てきたのか、ということです。
この国の者でないなら、わざわざ魔族を倒して街を守る理由はありませんし、混乱に乗
じて国を出ればよかった筈なのですから。
ただ分かっていることが一つだけ。その者は確実に城の者と通じていたでしょう。
でなければ、ここに書かれているように「城で勇者が殺された。裏切り者がいるから通

信の魔術具は使うな」などと言える筈がありません。勇者の死は箝口令《かんこうれい》が敷《し》かれており、知っているのはわずかの者のみです。

まったく、実は死んだ筈の勇者スズキが生きていて、国境を抜けようとした際に魔族に攻撃されたから倒した……なんて簡単な話だったらいいのですがね。

現実はそう甘くありません。

……いえ、なるほど。その線でいってみますか。

「勇者たちを呼んでください」

私はとあることを思いつくと、控えていた侍女に言いつけて勇者たちを呼び出しました。

「よく来てくれましたね」

私はそう言って勇者の三人を迎え入れます。

「あの、御用《ごよう》というのはなんでしょうか……？」

おどおどと、勇者カンザキが尋ねてきます。

王女という身分に対してかは分かりませんが、私と話す時、彼らは露骨《ろこつ》に萎縮《いしゅく》します。

同じ勇者といっても、あのスズキと違ってとてもやりやすいです。

「犯人について何か分かったのでしょうか」

ですが、今発言したこの勇者タキヤは、少々面倒です。

以前よりも従順《じゅうじゅん》さが減ったようですし、暴走する可能性があるので扱いには慎重にならなくてはなりません。

「はい。実は――」

私は国境に現れた自称勇者について、事のあらましを適度にぼかして話しました。

もちろん、その人物がスズキである可能性があると、勇者たちが誤解するように。

「――ですので砦に行き、その勇者を名乗る者の確認をお願いしたいのです。その者が勇者を騙っただけなのか、それとも生きていた勇者なのかを」

私がそう言うと、勇者タキヤが勢いよく立ち上がり、部屋を出て行こうとしました。

「お待ちください。私の紹介状がなければ、向こうに着いて調査に協力してもらうことはできませんよ」

「では、早くその紹介状をください」

勇者タキヤは歩みを止めて振り返りましたが、その言動は王女に対するものではありません。

やはりこの少女は最初の頃と随分変わったようですね。それも私にとって都合の悪い方に。

その後、詳しい話をして勇者たちを送り出しましたが、さて……

勇者タキヤが暴走して例の偽勇者を追ったとしても、最悪でも残りの二人は戻ってくるでしょう。そう言い含めておきましたし、一応念のため、精神に干渉《かんしょう》する魔術をかけておきましたから。

気づかれる可能性があるので弱くではありますが、護衛兼《けん》監視もつけますので大丈夫でしょう。

「……過去の勇者召喚もこれほど大変だったのでしょうか？」

王族として似つかわしくないのは分かっていますが、はぁ、とため息を吐き出してしまいました。

……ですが諦めるわけには参りません。全ては私の理想の国のために。

＊＊＊

「確認をお願いしたいのです」

王女様に私、斎藤桜を含む勇者三人がそう言われてから、もう一週間は経った。

私たちは今、馬車に乗りながら南にあるっていう砦まで向かっている。

でもここに来るまで大変だった……うん。大変だったよ、ほんとに。

出発にあたって、私たちにはそれぞれ二人ずつ、護衛兼お世話役の付き人がつけられたんだけど、環ちゃんがすごい嫌がった。

加えて、「馬車なんかじゃ遅すぎるから走っていく！」って一人で飛び出していきそうになったのを、抑えたりもした。

……環ちゃんが元気になったのはいいんだけど、以前との違いに戸惑うことがある。あのまま部屋に閉じこもっていていいわけはないから、出てきてくれただけいいんだけどね……

そんな環ちゃんを宥《なだ》めて出発したはいいものの、それからも大変だった。

休憩のため途中の村に寄る度に、「そんな時間はない」「早く例の勇者を——彰人さんを見つけなきゃ」と言って先に行こうとしてた。

「何か情報が集まるかもしれないから全部の村に寄らないと」って宥めてきたけど、それももう限界みたい。

一応、立ち寄った街で黒い髪の人物を見かけたという情報を手に入れたけど、その人には連れがいたみたいだから、多分彰人さんじゃないと思う。

だいたい、その自称勇者とやらは金髪らしいから、本当に彰人さんなのかも怪しいと思うんだけど……

存在しない国王直属の部隊も名乗ってたみたいだし、分からないことだらけだ。

……う～。全然分かんない……もともとこういうのは私向きじゃないんだよ。私は基本的に「なんとなくこっち！」って感じで選ぶから。ゲームでも学校のテストでも、勘《かん》で選んでたら当たること多いし。

勘とは無意識のうちに脳内で計算しているって感じのことを聞いたことがある気がするけど、「へ〜」という感想しかない。

「地頭は良いんだから……」って環ちゃんや海斗くんには呆れられることもあるけど、それでなんとかなってるんだからいいと思うの。

その勘でいくと、今回の話はなんか違和感がある気がする。はっきりと何かが分かってるわけじゃなくて、ただ漠然《ばくぜん》とおかしいって感じて、そのことが余計に私を混乱させている。

それに、この旅の最中、なんだかまとわりつくような嫌な感じがしてる。

でもそれももうすぐ終わると思う。明日には例の砦に着くんだから。

そうすればきっと何か分かる筈。

「皆様、じきに砦に到着いたしますので、ご準備をお願いいたします」

次の日、お昼になるちょっと前に、護衛の人に馬車の外から声をかけられた。

「分かりました」

「環ちゃん、やっと着くね！」

なんだか暗い雰囲気の環ちゃんを元気づけるためにいつもより明るく振る舞う。ここ最近の環ちゃんはなんだかピリピリしていて怖かったから。

「そうね」

そんな私の思いが通じたのか、少しだけではあったけど、前みたいに笑顔を見せてくれた。

「……絶対に見つけてみせる」

……でも、その後に見た環ちゃんの笑顔はどこか怖かった。

「ここが魔族が現れた場所……」

街に入って国境の壁の方に進んでいくと、まだまだ瓦礫が残っていて、激しい戦闘があったことを主張していた。

「皆様お待たせいたしました。こちらがこの国境を管理しているセリオス様です」

いつの間にかいなくなっていた私の付き人が、鎧を着たとっても怖い顔つきの人を連れてきた。

確かセリオスって、騎士の中でもかなり強い人だよね？　お城にいた騎士団長が言ってたような気がする。

……でもなんだか全身くたびれてるように見える。怪我はないように見えるけど、やっぱり色々大変なのかな？

「はじめまして、勇者の皆様方。私は王国南方国境砦において総指揮官を任されているセリオス・セルブルと申します」

「はじめまして。俺たちは勇者として喚《よ》ばれた者です。今回は王女様の命によって情報収集に来ました。こちらがその証明です」

海斗くんが王女様から渡された証明書を差し出す。

「確かに。確認させてもらいますので、皆様はしばしゆっくりしていてください」

そう言うと、セリオスさんは他の人に私たちを案内するように指示してから足早に去っていっちゃった。

それから案内されたのは、少し離れた位置にある建物。門の近くにあったのは全部壊れてしまったみたいだった。

しばらくすると、確認を終えたらしきセリオスさんが、私たちのいる部屋にやってきた。

「――なるほど、あのアンドー殿という勇者は偽物で、我が国の者ではなかったと……」

海斗くんが事のあらましを伝えたんだけど、目の前に座るセリオスさんの手は固く握られてプルプルと震えている。どうしたんだろう？

「勇者の子孫というのが本当かは分かりませんし、勇者本人ではない――俺たちと同じ異世界人かどうかも分かりませんが、この国の者ではないのは確かです」

「……そう、ですか」

……震えが更に強くなった気がする。もし魔族との戦いの後遺症《こういしょう》とかだったら、私の魔術で癒した方がいいのかな？

「あ、あの……どうかしましたか？　さっきから震えているみたいですけど、体調が悪いなら私が……」

「ご心配いただきありがとうございます……ですが、そうではありません……これは、騙されていたと知らずに助けられ、あまつさえ感謝していた自分に対しての怒りです」

そうは言うけど、仕方がないことだと思う。

この国の偉い人しか持ってない紋章入りの剣を見せられたのなら、私だって普通に信じてた。

「でも仕方ないんじゃないですか？」

「国境を任されている以上、仕方がないでは済まされない」

怒りを滲ませた声ではっきりと言うセリオスさんは、その顔も相まってとても怖い。

「では、私たちに協力してもらえますよね」

でも、そんなセリオスさんにも怯《ひる》むことなく環ちゃんがそう言った。

「私たちはその勇者を名乗る人を捜すためにここに来ました。王女様の命令書もありますし、手伝ってくれるのでしょう？」

「もちろんです。我々にできることであれば、できうる限りの協力をいたしましょう」

セリオスさんの言葉を聞いて満足そうに頷く環ちゃん。

「ありがとうございます。では、さっそくですが話を――」

そうして私たちを置き去りにして、環ちゃんはどんどん話を進めていった。

早くその勇者を名乗ってる人を見つけてほしいけど、それ以上に私は前の環ちゃんに戻ってほしい。

そう思いながら私は話を聞いていた。

＊＊＊

――遂に見つけた。

私、滝谷環は思わず笑みを浮かべる。

なんの手がかりもなかった彰人さんへの道。それがやっと見えてきた。

みんなはもう彰人さんは死んでいるって言うけど、そんなことはある筈がないし、認めない。

王国の南にある国境砦。

この国は円状に壁で囲まれていて、空にも地下にも国境の壁に合わせて魔術の結界が伸びているから、国境の門からしか出入りすることはできない。

海斗と桜は、「もし彰人さんが生きてたなら、なんで城に戻ってこないで国から出ようとするんだろう」なんて言ってたけど、私は知っている。

彰人さんがこの国を出ようとしていたことと、その理由を。

この国は、私たちを都合のいい駒《こま》としか見ていない。勇者として持ち上げているけど、その実、裏ではどう利用するのが効果的かなんて話し合いが行なわれていたらしい。

だから彰人さんは、私たちが不利益を被《こうむ》らないように立ち回っていた。

だけどそれも限界になって、そろそろ殺されそうだと判断して、逃げようとしていたのだ。

——なんでそんなことを私が知っているかというと、彰人さんが残した手帳を読んだからだ。

一見すると、仕事の予定とこっちの世界に来てからの日記しか書かれていないけど、手帳全体をよく確認するといくつか違和感があったのだ。

まず大きな違和感として、私たちがこっちに来たのは四月なのに、カレンダーが全部埋《う》まってたということ。

半年程度のことならおかしくはないけど、流石に一年の予定が毎日全部埋まっているのはおかしい。

かなり忙しい大企業の役員とかなら、そういうこともあるのかもしれないけど、彰人さんは中小企業の一般社員って言ってたし、そんなに予定が入ることはない筈。

読んでみると、日本語が分からない人が見るとそれまでと同じような内容が書かれていると思えるような書き方で、彰人さんが知ったことや命令されたことが書かれてた。

多分海斗と桜はカレンダーのところは最初の数ページしか読んでなくて、その仕掛けに気づかなかったんだと思う。

でもそれでよかった。海斗と桜がこれを読んだら、今まで通りに生活できなかったと思うから。

あの部屋に残されていた以上、当たり前のことながら最終的に逃げ切れたのかは書かれてないけど、あの人のことだからきっと逃げ切ることができた筈。

それと、手帳には永岡も危《あぶ》ないって書かれてたから、永岡は魔族じゃなくて王国の奴らに殺されたんじゃないかって私は思ってる。

王女は本気で悩んでいたように見えたから本当に魔族の仕業かもしれないけど、彼女は国を動かす立場の人間だ。腹芸が得意で私達を騙そうとしている可能性もある。

今回だって、取り逃した彰人さんを捜そうとしている可能性があるのだ。

ともかく、この手帳を手に入れて以降、私は王女たちへの恨みを隠しながら城での生活を送った。

それからちょっとして、この砦に行けと王女から命じられた。

頼むとは言っていたけど、断っていたら何かしらのペナルティーがあったと思う。まあ、彰人さんに近づけるのなら、どのみち断るなんてことはなかったけど。

実は私は、そのうち海斗と桜を連れて、王国を出ようと思っていた。この国にいたら私たちも永岡みたいになるかもしれないから。

「ねえ環ちゃん。これからどうするの？」

「もう一通り捜しただろ？」

セリオスさんから話を聞いた一週間後、私たちは国境の街で、王女に命じられた『偽勇者捜し』を続けていた。

国境に詰めていた騎士たちに話を聞いてみたんだけど、王女から事前に渡されていた資料以上の情報は得られなかった。

人相書きなんかがあればよかったんだけど、魔族が現れたことと生死をかけた戦いの混乱が相まって、偽勇者の顔を誰も覚えていなかった。

対応した筈のセリオスさんでさえ、金髪と黒目という情報しか覚えていないそうだ。

なら騎士たちに聞くんじゃなくて街を捜せばいいのかというと、それも難しい。

勇者なんて言っても、私たちは所詮は学生で、何かを調べることに関しては素人《しろうと》だ。

そもそも、王女の配下にはそういうのを調べる専門の特殊部隊がいて、調査を進めている筈なのだ。

にもかかわらず王女が私たちをここに送ったってことは、それ相応の理由がある筈。

そして思いついた理由は、囮《おとり》。

私たちが情報を得られればラッキー、得られなくても本物の勇者が現れたことで偽勇者、およびその関係者が何かアクションを起こすかもしれない、と考えたのだろう。

他にも何かあるのかもしれないけど、私がすぐに思いつく理由としてはそれぐらいしかない。

でも囮としては効果がなかったとみていいと思う。

何せ私たちがここに来てからもう一週間も経っているのに、何も起きていないのだから。

だからといってこのままではいけない。

王女に従順なふりをして思惑から外《はず》れないようにしながらも、彰人さんの手がかりを探して逃げ出すための準備をしなくちゃいけないのだ。

ただの学生だった私には荷が重い気がするけど、やるしかない。

「……そうね。ひとまずは調べなければならないことは終わっているのだし、適当に歩いてみましょうか」

これ以上は調べても何もないかもしれないけど、それでもできる限りのことはしたい。

特殊部隊は見落としていて、私達だけが気づける情報があるかもしれない。

それを期待して、私は海斗と桜を連れて歩き始めた。

「お？　なんだ、アンドーじゃないか。まだこの街にいたのか？　それとも戻ってきたのかい？　……その頭はどうしたんだ？」

しばらく三人で街を歩いていると、正面から歩いてきた女性に話しかけられた。

「え？　えっと、あの……」

「あん？　どうしたってんだい？　まさかもうあたしのこと忘れたのか？」

どうもその人は海斗のことを誰かと間違えているみたい。

けどまあ、それはどうでもいい。勘違いなんて誰にでもあることだから。

でもその間違えた相手が問題だった——彼女が口にしたのは、偽勇者と同じ、アンドーという名前だったのだから。

「って、ん？　……ああ悪いねあんたら。人違いだったみたいだよ」

話しかけてきた女性は、海斗をまじまじと見て人違いに気づいたようだ。

日本人の顔は外国人には見分けがつきづらいらしいから仕方がない。

でもそれは『アンドー』も日本人であることを、少なくとも日本人と同じような顔をしていることを意味していた。

「『アンドー』を知っているんですか⁉」

今まで特に手がかりを見つけられなかった私は、ついその女性に食ってかかってしまった。

「……なんだいあんた？　アンドーの知り合いかい？」

その女性は眉《まゆ》を寄せて訝しげに聞いてきた。

「いえ、実は捜してる人がいるんですけど、そのアンドーって人がそうじゃないか、って思っているんです」

私に代わって海斗が説明すると、女性は納得したように頷いた。

やっぱり人種が同じだから納得したのかしら？　私たちの顔立ちはこの国では珍しいみたいだから。

「ああ、そうだったのかい。けど、あー……期待してもらってるとこ悪いけど、私はそんなに知らないよ。たまたま飯の席で一緒になったってだけだから」

「それでも構いません！　少しでも情報が欲しいんです！」

私の剣幕《けんまく》に若干引き気味になりながらその女性は言った。

「……そうかい。なら話してあげるけど、場所を移さないかい？」

私はそう言われて、ここが道の真ん中だと思い出した。

「……はい」

こうして私はようやく手がかりを見つけた。

それはとても細く、小さな可能性かもしれない。

けど、絶対にその手がかりの先を掴んでみせる。

前のめりになって、私は尋ねる。

「――では『アンドー』はもうここにはいないのですね？」

「ああ。多分、獣人の国に行ったんじゃないか？　獣人の子が一緒にいたし、そんな話をしてたから」

「……獣人ってこの国にもいるんですか？」

前に魔物に襲われている子供を見かけたけど、それ以外では一切見たことがない。

「……一般人としてはいないね。いても奴隷だし、表には出てこない。あいつみたいに連れているのは、この国じゃあ冒険者でもあんまり見ないね」

場所を移して聞けたのはかなり貴重な話だった。この女性――エルミナさんはミスリル級の冒険者で、かなりの実力者らしい。

彼女は旅をしているけど、この前の魔族の騒ぎが原因で、冒険者ギルドが緊急事態として移動の制限を宣言したらしい。「面倒な時に来ちまったよ」とぼやいてた。

「あいつを追うんなら獣人の国に行くといいんじゃないか？　それでも見つかるかは分からないが、こっちにいるよりは可能性があると思うよ」

「はい！　色々教えてくださってありがとうございました！」

そうして私たちはエルミナさんと別れた。

「なんだか一気に話が進んだ気がするな」

「そうだね。あれだけ調べても分からなかったのに、って感じだね」

特に理由があってのことじゃなくて、本当になんとなくのことなんだけど、今のエルミナさんの話を聞いて私は『アンドー』が彰人さんじゃないかって思いを強めた。

「それだけ『アンドー』は慎重に動いてたってことなんだろうな……」

海斗の言う通り。『アンドー』はこれまでかなり慎重に動いていたんだと思う。

まるで、お城で色々と活動していた彰人さんみたいに。

でも、やっとその尻尾を掴むことができた。

「……にしても獣人の国か……どうする環？」

「……一旦戻るわ」

本当は今すぐにでも獣人の国に追っていきたいけど、まだ情報も準備も足りない。

今から二人を連れて無理やりこの国を出て行ったとしても、すぐに追っ手がかかる筈。

多分あの付き人たちはそのためにいるんだと思うから。

今は王女の思惑通りに行動してやろう。

でも必ず、近くこの国を出て行く。

そして彰人さんを捜し出してみせる――何があっても。どこに行っても。絶対に。

あとがき

皆様こんにちは。作者の農民です。

この度は、本書をお手に取っていただき、誠にありがとうございます。

さて、私にとって本の出版はまだ二冊目で不慣れなせいか、それなりに苦労もありました。というのは、そもそも一般的な作家が物語を作る際には、大事にする作業工程が色々あると考えるからです。

それはストーリー、世界観、キャラクターなど、大体はこの辺りの内容から構想を練《ね》っていき、徐々に他の要素にも手を伸ばすといったところでしょう。

ところが、私の場合は眠った時に夢に出てくる光景をベースにして小説を書いているので、実はストーリーも何も考えていないのです。こう書くと、俄かには信じがたいお話かもしれません。でもこれは嘘ではなく、実際に私が見た夢の中の光景が執筆以前にあり、その夢に合わせて様々な設定などを膨らませていくような感じの創作スタイルなのです。

ただ、このやり方だと問題もありました。つまり、自分で意識しながら物語を考えているのではなく、まったくの夢任せなのでプロットも設定表も何もないわけです。眠りから覚《さ》めた後、頭の中に残っている絵を思うがまま勢いにまかせて文字に書き起こしていく。

これは書いているうちは楽しいのですが、その弊害《へいがい》と言いますか、二巻の刊行が決まった時は、一巻の後の物語が中途半端なところで終わってしまっていたため、あちらこちらの内容を変えなくてはならない必要性が出てきました。

その際、どこを削ってどこまで書こうかと半《なか》ば途方に暮れ、とても悩みました。物語を書くことと本を書くことは違うのだなぁ……としみじみ実感させられたものです。

あの時は色々と迷った挙句、書きたい内容は全て書けませんでした。それでも、作品の筋立《すじだ》てをもっと上手く表現するための良い反省材料になったと思っています。

私としては楽しく読める作品に仕上がっている自信がありますので、拙《つたな》い作品ではございますが、皆様にも是非、お楽しみいただければ幸いです。


最後に、お世話になったアルファポリスの編集さんやイラストレーターのおっweee様、全ての人に御礼を申し上げます。

そして何よりも、読者の皆様に心より感謝いたします。

それではまた次巻にて、お会いしましょう。

二〇二三年五月　農民

アルファライト文庫

この作品に対する皆様のご意見・ご感想をお待ちしております。

おハガキ・お手紙は以下の宛先にお送りください。

【宛先】

〒150-6008 東京都渋谷区恵比寿 4-20-3 恵比寿ｶﾞｰﾃﾞﾝﾌﾟﾚｲｽﾀﾜｰ 8F
（株）アルファポリス　書籍感想係

メールフォームでのご意見・ご感想は右のＱＲコードから、
あるいは以下のワードで検索をかけてください。

アルファポリス　書籍の感想　検索

ご感想はこちらから

本書は、2020 年 7 月当社より単行本として
刊行されたものを文庫化したものです。

『収納《しゅうのう》』は異《い》世《せ》界《かい》最《さい》強《きょう》です 2　～正直《しょうじき》すまんかったと思《おも》ってる～

農民（のうみん）

2023年 5月 31日初版発行

文庫編集－中野大樹
編集長－太田鉄平
発行者－梶本雄介
発行所－株式会社アルファポリス
〒150-6008東京都渋谷区恵比寿4-20-3恵比寿ガーデンプレイスタワー8F
TEL 03-6277-1601（営業） 03-6277-1602（編集）
URL https://www.alphapolis.co.jp/
発売元－株式会社星雲社（共同出版社・流通責任出版社）
〒112-0005東京都文京区水道1-3-30
TEL 03-3868-3275
装丁・本文イラスト－おっweee
文庫デザイン—AFTERGLOW
（レーベルフォーマットデザイン－ansyyqdesign）
印刷－中央精版印刷株式会社

価格はカバーに表示されてあります。

落丁乱丁の場合はアルファポリスまでご連絡ください。

送料は小社負担でお取り替えします。


ISBN978-4-434-32016-3 C0193